TAKE
SHOBO

転生令嬢は腹黒騎士に攻略される

マチバリ

Illustration

転生令嬢は腹黒騎士に攻略される

Contents

イラスト／蜂不二子

転生令嬢は腹黒騎士に攻略される

MOON DROPS

第一章　最悪の出会い

今夜の舞踏会では失敗しないようにしなくては。

幾度となく自分に言い聞かせた言葉を胸の中で繰り返し、サリヴィアは完璧な笑顔を浮かべてダンスの誘いを待っていた。

小柄な体軀に透き通るような白い肌、ふわふわとウエーブする栗色の髪に少しだけ眦(まなじり)の垂れた榛(はしばみ)色の瞳。小動物のような見た目は思わず抱きしめたくなるほど愛らしく、たたずむ姿は儚(はかな)げで見る者の庇護(ひご)欲をそそる。

「可愛らしいご令嬢、どうかダンスを踊っていただけませんか?」

「ええ、喜んで」

優しげな笑みを浮かべ目の前に現れた青年が差しだした手に、サリヴィアは微笑み返しながら己の手を重ねる。

エスコートされ、ダンスホールの中央で二人、音楽に合わせて踊り出す。

ドレスの裾を揺らしながら踊る姿は花のようで、青年はうっとりと目を細めながら、サリヴィアの細腰を抱き寄せた。

「あなたのような美しい方を見過ごしていたとは私はなんて愚かなのだろう」

「そんな。出会いは縁といいますし」

「どうか一夜だけでも私の愛しい人になっていただけませんか？」

ぴくり、とサリヴィアの形のよい眉が跳ね上がる。

青年はそんなサリヴィアの変化に気がつかず、必要以上に身体を密着させ、その細い首筋に唇を寄せた。

「今なら休憩室が空いています。どうか……」

青年が不埒な誘いを言い終わる前に、サリヴィアはヒールの先端で思いきり青年のつま先を踏みつけた。

「ぎゃっ……！」

「あら失礼。つい足が滑ってしまったわ」

短い悲鳴を上げて動きを止めた青年の腕からするりと抜けだすと、曲の途中だというのにサリヴィアはさっとダンスの輪から離れていく。

青年は冷や汗を浮かべつつもそのあとを追いかけてきた。

「ミ、ミスは誰にでもあることです。お気になさらず」

「別に気にしてなどいないわ。だってわざと足を滑らせたのですもの」

「は？」

「わたくし、一夜の遊び相手を探すような下種な男に興味はないの。目障りだからどこかにいってくださる?」

可憐な見た目から発せられたとは思えない辛辣かつ冷たい言葉に青年の目が丸くなる。

固まってしまった青年を残し、サリヴィアは早足にその場を離れた。


「ああ……またやってしまった……!!」

逃げ出すようにバルコニーへと飛び出したサリヴィアは、先ほどの自分の発言に頭を抱える。

「おとなしく振る舞えって言われているのに」

しょんぼりと肩を落とし、唇を噛(か)み締める姿は、思わず抱きしめたくなるほどにいじらしく見える。

「でも、あんな下種で最低な男の誘いを笑顔でかわすなんて時間の無駄なんだって!」

可憐な姿から飛び出た呟(つぶや)きは過激で、外見とあまりにかけ離れていたものだ。

ここは、山と運河で囲まれた美しいエアル王国。

その地形から他国に侵略されにくいことに加え、山岳地帯から上質な魔石が採れることもあり、小さいながらも豊かな国だ。

長い歴史を持つミチル伯爵家の令嬢として生まれたサリヴィアは、今年で十六歳。

可憐な見た目で周囲から愛され、どこに出しても恥ずかしくないような完璧な淑女教育を受けて育った、はずだった。

　だが、彼女は口を開けば見た目からは想像できないほどに歯に衣着せぬ物言いをする勝ち気な性格であった。

　そのせいで年頃だというのに婚約者候補の一人も見つかってはいない。

　両親ともに穏やかな性格なのにどうしてだろうと周囲を不思議がらせるその理由は、サリヴィアに『前世の記憶』があるからだ。

　もっと科学や技術が進歩した世界で生まれ育った平凡な女性の記憶。

　そこではややこしいしがらみの貴族社会も男女の極端な格差も存在しなかった。

　だから、女性は笑顔で男性にひたすら付き従うのを善しとするこの世界の流儀に馴染めず、周囲から浮いてしまっていたのだ。

「うう……このままではヘレアおばあ様に無理やり結婚させられてしまう」

　祖母であるヘレアはミチル家の生きる家訓とも呼ばれている女傑だった。

　ヘレアは、出会う男性を片っ端から言い負かし、ともすれば先ほどのように足や手まで出してしまうサリヴィアの所業に痺れを切らし「十七歳になるまでに恋人を見つけてこないのならば、こちらで結婚相手を決めますからね」と宣言していたのだ。

　その時の鬼のような形相を思い出し、サリヴィアは身ぶるいする。

　ミチル家は貴族には珍しく恋愛結婚を重ねてきた家系で、地位や生まれは二の次、本人たちが真に想い合う恋人同士であることを結婚の第一条件としていた。

サリヴィアの兄は一目ぼれした女性と無事に恋人となり結婚し、既に子どもにも恵まれている。

後継の心配はないので、まだ若いサリヴィアが結婚を急ぐ必要はないはずなのだが。

「その性格と口の悪さは問題です。若さで売れるうちに引き取り手を見つけなさい」

情けも容赦もないヘレアの厳命に逆らいたくとも、家族もサリヴィアの問題行動には頭を悩ませていたため、誰も助け舟を出してくれなかった。

「このままだと本当に顔も知らないどこぞの気取った貴族の妻にっ……！」

バルコニーの手すりに力なくもたれかかって天を仰ぐ。

前世のサリヴィアは、結婚どころか恋人の一人もいないまま孤独に死んだ。

美少女に生まれ変わったのだから、素敵な人と恋愛したいと幼い頃は夢見ていた。

「ああ、今日こそは素敵な人に出会えると信じていたのに」

だが、か弱そうな見た目のサリヴィアに寄ってくる男は、幼女趣味か愛人目当ての下種ばかり。

サリヴィアとの会話を楽しむこともなく、隙あらば肩や腰を抱いてくる。

稀に紳士的に振る舞ってくれる男性が声をかけてくれることもあったが、うっかり前世と同じノリで自分の意見をはっきり口にし、相手に逃げられること数回。

「もうっ……！」

別に見た目は普通でいい。年だって離れていてもいい。物腰が優しい紳士的な殿方と恋をしたい。

　決して理想は高くはないはずだ。

　思い通りにならない人生にサリヴィアは地団太を踏みたくなった。

「今夜はよい夜ですわね」

　不意に聞こえてきた声にサリヴィアは視線を動かす。

　同じバルコニーの反対側で男女が寄り添うように立っていた。

　薄暗くてよく見えないが、騎士の正装を身にまとった背の高い青年に若い令嬢という理想的な組み合わせのだ。

（仲のよろしいことで）

　どうやら恋人たちの逢瀬に遭遇してしまったらしい。

　自分はかけひきする相手すら見つかっていないのにと、八つ当たりめいた嫉妬心がこみ上げる。

「こんなところでお会いできるなんて、本当に運命的ですわね」

　青年に身を寄せる令嬢の声には媚びるような甘さが含まれており、今まさに恋のかけひきがはじまろうとしているのが聞いているだけでわかった。

　盗み聞きの趣味はないが、距離の近さでどうしても会話が聞こえてきてしまう。薄暗いせいであちらはサリヴィアの存在には気がついていないようだ。

　見せつけられて喜ぶ趣味はないと、不貞腐れた気持ちで背を向け会場に戻るために歩き出そうとした。

その瞬間、耳に届いたのは地を這うような低く冷たい声だった。

「偶然、ですか」

あからさまな苛立ちの籠もった声に、サリヴィアは足を止める。

「その割にはすぐ私を見つけたようですが」

「愛のなせる技ですわ」

「あなたの口にする愛とは、相手の都合を考えない迷惑のことなのでしょうね」

不穏な空気を察し、サリヴィアは物音を立てないよう元の場所に戻った。

先ほどよりも目が慣れたおかげで、寄り添う男女の姿をはっきりと捉えられた。

爽やかな笑みを口元に浮かべた長身の青年は騎士装束を着ている。金色の髪が月明かりに照らされる様は彫像が動いているかと錯覚するほどに美しい。

その顔にサリヴィアは落ち着かない気持ちになった。

決して一目ぼれの類ではない。どこかで見た気がするという既視感からだった。

だが、どう記憶をたぐっても、彼がいったい誰なのかがわからない。

（あれほどの美形なら、一度会えば忘れないはずだけど……？）

対する令嬢は際立って美しいというわけではないが、清楚でおとなしそうな雰囲気だ。

青年を必死に見つめる瞳にはわかりやすい恋情が滲んでいる。

「あ、あの……」

「いい加減気がついてくれませんか。私はあなたに興味はない」

「そんな！」

令嬢の表情が悲しみに歪み、声に涙が混じるのがわかった。

きっぱり振ってあげるのはよいことかもしれないが言い方があるでしょうに。

サリヴィアは自分の行いを棚に上げ、青年に厳しい目を向けた。

「盛りのついた雌猫みたいに毎回近寄ってこられると、目障りなのですよ」

「ひっ」

青年が口にしたのは、少女に向けるにはあまりに冷徹な発言だった。

令嬢はショックからかその場に崩れ落ち、しくしくと泣き出してしまう。

青年は困ったような笑みを浮かべるが、謝るどころか更に冷たい言葉を続けた。

「見た目と肩書きだけで男を選んでいると、いつか痛い目を見ますよ。今日みたいにね。

相手が私でよかったと思ってください。弄ばれて捨てられるなんてこともありますから。

まあ、あなたのような女性にはそれもお似合いかもしれませんが」

口調は柔らかいが吐き出される言葉は氷のような冷たさだ。

サリヴィアは頭にカッと血が上るのを感じ、衝動のままに走りだす。

自分に近づく存在に気がついたのか、青年が振り返った。

「失礼！」

言うが早いか、パンッと乾いた音が響き渡る。

サリヴィアの小さな掌が、青年の頬を平手打ちにした。

「いくらなんでも言っていいことと悪いことがございますわ。見た目がどれほどよくても中身が腐っていては台無しですわよ、あなた」

精一杯の侮蔑を込めて青年を睨みつけると、サリヴィアは座り込んだままの令嬢の肩を抱き立ち上がらせる。

「ほら、あなたもこんなことで泣かないの。馬鹿な相手に熱を上げていたことなんてさっさと忘れるのが一番ですわよ。しっかりなさって」

目の前の出来事に驚いて涙を止め固まってしまった令嬢を引きずるように歩かせて、その場から立ち去ろうとする。

が、青年はその前に立ちふさがり、サリヴィアをまっすぐに見下ろしてきた。

サリヴィアが小柄であるため、頭二つ分ほどの身長差だ。

まともな令嬢なら見下ろされる威圧感で怯えそうなものだが、サリヴィアはむしろ、大きいからって偉ぶらないで、と青年を睨みあげる。

その強気な視線に青年は息をのみ、目を丸くした。

「……女性に頬を叩かれたのは初めてです」

「あら、わたくしは男性の頬を叩いたのはこれで十回目よ」

「なかなかに気が強い方のようだ」

「世の中には馬鹿な男が多くて困りますわ」

矢継ぎ早にかわされる舌戦に、サリヴィアに肩を抱かれている令嬢が顔を青くする。

「あ、あの……私は……」

「あなたは黙ってらして」

「……はい」

サリヴィアの剣幕に押し負けて、憐れな令嬢は口をつぐんだ。

青年は面白いものを見つけたかのような表情でサリヴィアを見つめ、口元を優雅に微笑ませる。

「ご令嬢、お名前をうかがっても？」

「サリヴィア・ミチルと申します」

「ミチル……伯爵家のご令嬢だったとは。驚きました」

「ええ、よく言われますわ」

「伯爵家では男を平手打ちするのが流儀なのですか？」

「いいえ、わたくしの流儀ですの。だって、口で言うより早いでしょう？」

サリヴィアは完璧な微笑を浮かべ、甘えるように小首を傾げた。

「わたくしのやり方に文句がおありなら、どうぞ伯爵家までいらしてください」

これ以上口をきく気がないと表情で示し、令嬢の肩を抱いたままさっさと歩き出す。

その背中を青年はじっと見つめ続けていた。

＊＊＊

「うう……ヘレアおばあ様め」

口でも迫力でも唯一勝てない祖母にやり込められ疲れ果てていたサリヴィアは、ソファに思いきり倒れ込んだ。

昨晩の舞踏会でも収穫がなかったことを勘付かれ、朝食の席でがっつりと嫌味の嵐を浴びたのだ。

このままでは本当に勝手に結婚相手を決められてしまう日も近いだろう。

次の舞踏会こそはよいお相手を見つけよう、とサリヴィアが強く決意を固めていると、メイドが慌てた様子で駆け寄ってくる。

「お嬢様、お客様がお見えです」

「お客様？　今日はそんな予定はなかったと思うのだけれど」

「どうやら、昨晩の舞踏会でお嬢様をお見かけしたそうで」

「昨晩の？」

いい出会いなどない舞踏会だったのに、誰だろうとサリヴィアは首を傾げた。

まさか青年に泣かされていたあのご令嬢だろうかと考えるが、それはないだろうとすぐさま考えを改める。

せっかくあの場から助け出してあげたのに、彼女は会場に戻るや否や逃げるように消えていったのだ。

背中には「二度と会いたくない」とはっきりと書かれていた。

別に友人が欲しかったわけではないのだからいいんだからね、と妙な虚しさをかき消すようにサリヴィアは首を振る。

「……で、お客様のお名前は？」

「ウルド・ゼーゼバン様です」

「どなたですって？」

驚きでサリヴィアは思わず聞き返す。

その名には聞き覚えがあった。二十三歳という若さで王都の第二騎士団の隊長を務める実力者。しかも一目見れば忘れられないほどに美しい男性。

それ以外にも色々と噂（うわさ）を耳にしたことはあるが、残念ながらこれまでの夜会で一度も遭遇したことはない相手だ。

王城で宰相付の文官をしている兄は面識があるようで、何かの会話で話題に上がったこともあったが、特に仲がいいと言う話を聞いたことはない。

昨晩挨拶をしたのなら記憶しているはずだし、面会を約束した記憶もない。

「どなたかとお間違えなのではないかしら」

「間違いなく、サリヴィアお嬢様のお名前をお呼びでした」

「うーん……」

なんだか嫌な予感がするが、来てしまっている以上、無視するわけにもいかない。

噂になるほどに美しい男だというし、顔を見ておいても損はないかもしれないとサリヴィアは立ち上がった。

「お会いするわ」

身支度を調え玄関ホールへ向かう。

ホールの中央に騎士団の制服に身を包んだ背の高い青年が立っていた。

その立ち姿からは自信に満ちたオーラが伝わってくる。

「お待たせしました。はじめまして、ゼーゼバン様」

にっこりと完璧な淑女の笑顔を浮かべ呼びかければ、青年はゆっくりとサリヴィアに顔を向けた。

「突然の訪問をお詫びいたします、サリヴィア嬢。他人行儀なご挨拶は少々寂しいですね。昨晩はあんなに情熱的な出会いをしたというのに」

自分を見つめる爽やかな笑顔に、サリヴィアの微笑が凍りつく。

まぁ、と隣に控えていたメイドが頬を染めて口元を押さえるがそれどころではない。

「あ、あなた……」

黄金を紡いだようにきらめく金髪と、宝石のように輝く青い瞳。神様の悪戯か悪魔のデザインかと思わせるような造形美。

忘れもしない、昨晩サリヴィアが頬を叩いた青年だった。

月光の下で見た時も美しいとは思ったが、明るいホールで見るその姿は、神々しささえ感じてしまうほどに整っていた。

青年はまるで自分の美しさを見せつけるようにゆっくりと腰を折る。ここが舞台か美術館出ないのが不思議だと思えるほどの優美さに、周囲のメイドたちが息を呑むのが伝わってくる。

「お言葉通り、伯爵家まで参上しました」

サリヴィアは自らの捨て台詞を思い出し、意識が遠のきそうになる。

（なんて性格の悪さなの！　腹黒野郎だわ！）

そう考えた瞬間、サリヴィアの脳内に『ある記憶』が蘇（よみがえ）った。

溢（あふ）れるほどの映像と音声が一気に押し寄せ、目の前が真っ白になる。

（ウルドって、あの、『ウルド様』⁉）

叫び出さなかったことが奇跡と言っていいほどの衝撃に、サリヴィアは息をすることも忘れてウルドを凝視していた。

前世、サリヴィアは「乙女ゲーム」という遊戯にはまり込んでいた。

作中に登場するヒロインになり切って色々な世界でイケメンとの恋愛を楽しむそれは、一度も恋をした経験がなかった彼女にとって日々の癒やしであった。

そして、中でもサリヴィアが一番好きだったゲームの中に『腹黒騎士ウルド』という攻略キャラクターがいたのだ。

貧乏な貴族の娘であるヒロインが家計を助けるためにメイドとして城に勤めながら、そこで出会う男性と恋をするという定番の設定のゲーム。

少し変わっていたのが、選択肢で好感度を上げるタイプではなく、仕事や勉強でパラメーターを上げて相手に気に入ってもらうシステムだったこと。攻略キャラクター同士が絡むこともほとんどなく、これと決めた相手に合わせて自分を磨き続けていれば、最終的にその相手に告白してもらえるのだ。

購入したきっかけは、ゲームの宣伝用に作られたイメージイラストがあまりに好みで可愛かったから。恋愛だけではなく、お仕事要素があったのもよかった。

（まさかこの世界ってあのゲームの世界？　確かに中世をモデルにしたこんな雰囲気の舞台設定だったとは思うけど）

必死でゲームの情報と今を照らし合わせてみようとするが、何故か『腹黒騎士ウルド』以外の記憶ははっきりと思い出せない。

突然蘇った前世の記憶に翻弄されているサリヴィアを、メイドたちはウルドに見とれて動けなくなったと勘違いしたらしい。

確認を取ることなく、ウルドを応接間へと案内してしまった。

追い返すタイミングを完全に失ったサリヴィアは、渋々ながらにそのあとに続き、応接間に入った。

見慣れた室内に、見慣れない腹黒騎士ウルドがいる。

その光景に落ち着かない気持ちになりながらも、サリヴィアは冷静を装い、ソファへと腰を下ろした。

「あなたの名を語る不届き者かもしれないと確かめに来たのですが、真実だったようで安心しました」

本心からなのか嫌味なのかわからない台詞を口にしながら、ウルドは向かいのソファに腰を下ろす。

まるでこの家の住人であるかようにくつろいだ姿が腹立たしい。

微笑を浮かべるウルドに紅茶を出すメイドの表情は、恋する乙女のそれだ。

しかしサリヴィアは知っている。彼が『腹黒騎士ウルド』ならば、その笑顔の下にとんでもない本性を隠していることを。

「昨夜も言いましたが、女性にあんな情熱的な挨拶をされたのは初めてでした。だからこそ、もう一度お会いしたかったのですよ」

「それはご足労をおかけしましたわ」

「しかし本当に伯爵家のご令嬢だったとは……驚きです」

それは遠まわしに伯爵令嬢らしくないとけなしているのだろうか。

正面に座るウルドの顔をまっすぐ見つめる。

偶然の一致、という言葉では片づけられないほどに前世の記憶にあるゲームのイラストそのままで、サリヴィアは頭を抱えたくなった。

（どうりで昨晩、どこかで見たことがある気がしたはずだわ）

ウルド・ゼーゼバン。

ゲーム内ではとにかくとんでもない美形という設定で、キャラクター画像は一番美しく描かれていた。

だが、優しそうな見た目や口調とは裏腹に他人に冷たく厳しい性格で、女は出世の道具か、金ヅルとしか思っていない腹黒。

かなり疑り深く、褒めても簡単には恋に落ちてくれないので、見た目はよいのに初心者殺しの高難易度設定のキャラクター。

前世のサリヴィアはかなり苦労して結婚エンドにたどり着いたが「ようやく私にふさわしい女になったね」という上から目線な発言に「ないな」と思った記憶しかない。

見た目とSっ気のある台詞回しで人気のキャラではあったが、それはあくまでもゲームだから楽しめたもので、現実の男性となって目の前に登場されれば先立つのは警戒心だ。

サリヴィアの心の中が大嵐なのを知ってか知らずか、真向かいに腰かけたウルドは楽しそうに微笑んでいる。

「あなたの兄上からお噂は聞いておりました。本当に可愛らしい方だ」

「お褒めいただき光栄ですわ」

「内面のお噂も、本当で驚きました」

何を言ったのお兄様……！　とサリヴィアは心の中で唇を噛んだ。

年の離れた兄は優しくサリヴィアに甘い。

ウルドと兄が軽口をたたき合うほど仲がよいという話は聞いたことがなかったが、同じ王城勤めであればある程度の交流があってもおかしくはない。

(彼が腹黒騎士ウルドだと気がついていれば、平手打ちなどにはしなかったのに……いや、わたしのことだから知っていてもやらかしたかもしれない)

サリヴィアは混乱していたが、表情だけは必死に取り繕う。

「わざわざ確かめにきていただけるなんて、ご足労をおかけしました」

これまでサリヴィアがうっかり手を上げたり足を踏んでしまった相手が伯爵家に文句を言ってこなかったわけではない。

セクハラまがいの言動をしたのが先だと言うのに、自分の行いは棚に上げ、苦情めいた手紙を送ってきたり、怪我をしたので見舞いに来いと使者まで寄越した阿呆もいた。

文句を言われる筋合いはないし、女の平手打ちひとつで怪我するなんてありえない。

そういう相手には丁寧なお詫びの言葉に加え、何故そういうことをしてしまったのかをしっかりと書き出し、もしお詫びの手紙だけで気がすまないなら出るところに出ましょう、とある意味脅しのような返事を書いてお引き取り願ってきた。

もちろん、悪い噂が立たないような根回しも怠らなかった。

これまではそれでずっと回避できていたが、直接本人が乗り込んできたのは初めてのパターンだ。

下手に煽れば兄伝いに祖母まで話がいってしまいかねない。

そうなったら強制結婚が更に近づいてしまう。

釈然としないが、ここは素直に謝ってしまうのが得策だと判断する。

「わたくしの挨拶がお気に召さなかったのなら、お詫びいたしますわ。昨夜は大変失礼いたしました」

素直に謝り微笑めば、ウルドは意外そうに目を見開いた。

だが、すぐに爽やかな微笑を取り戻す。

「いえいえ、謝ってほしくて来たわけではないのですよ」

「そうですの？　わたくしてっきり……」

文句があれば会いに来いという捨て台詞を残した相手が翌日来たのだから、文句を言いに来たものだと思っていたが、どうやらそうではないらしい。

ウルドの考えを測りかねて、サリヴィアは眉をひそめる。

いったい何が目的なのか。

「文句というより、不満がありまして」

「……不満？」

「私にあんなことをしておいて、名乗らせてもくれなかったでしょう？」

にっこり、とこれまでの中で最上級の爽やかで美しい微笑を向けられてサリヴィアはたじろいでしまう。

美形の微笑というのは非常に圧がある。

周りのメイドたちは皆、悲鳴のようなため息をこぼしている。

「あなたに私という存在を知ってほしかったのです」

歯の浮きそうな台詞にサリヴィアは隠しもせずに思いきり顔をしかめる。

「それは、光栄ですわね」

「そんなに嫌なそうな顔をなさらないでください」

「昨晩のゼーゼバン様のことはよく覚えておりますから。あまりの違いに別人かと驚いておりますの」

「なかなか手厳しいですね」

不機嫌さを隠すことをやめたサリヴィアとは対照的に、ウルドは穏やかな雰囲気をまとったままだ。

紅茶を優雅に味わう姿は、腹立たしいまでに絵になっている。

「わたくしの存在も確認できたでしょうし、あなたのお名前もしっかり覚えましたわ。もうご用事はないですわね？」

遠まわしにさっさと帰れと告げるが、ウルドは微笑を浮かべたままで立ち上がる様子がない。

「せっかく会いに来たのですから、もう少し会話を楽しませてください」

「お忙しいとお聞きしておりますわ。わたくしなどに時間を使っていては、お仕事に差し障りがあるのでは？」

「隊長というのは案外暇なのですよ」

「では兄に伝えておきますわね。ゼーゼバン様はお時間を持て余しているようだから、お仕事を回してさしあげてと」

兄は軍周りの仕事にも関わっており、騎士団への仕事を割り振るのも役目のうちだと聞いたことがあった。

「おや手厳しいですね。兄上に告げ口されてはさすがの私も敵いません。名残惜しいですが、今日のところはここまでにしておきましょう」

もう少し食い下がるかと思ったが、兄の名前を出した途端あっけないほど簡単に引き下がられて、サリヴィアは用意しておいた追撃の言葉を出しそびれてしまう。

「……わたくしは今日、このひとときでもう十分ですわ。ゼーゼバン様の貴重なお時間を使っていただかなくても結構です」

二度と来るなと言いたいのをこらえて瞳は鋭く口元だけで微笑むが、ウルドは気にした様子もなくサリヴィアに微笑み返してくる。

「俄然、あなたに興味が湧きました。また、近いうちにお邪魔させていただきます」

断る隙も与えずウルドは颯爽と立ち上がり、軽く会釈をするとさっさと帰っていた。

残されたサリヴィアは何故か敗北感に打ちのめされ立ち尽くしていたが、周りのメイドたちはうっとりと頰を染めていた。

そして宣言通り、その日から三日と空けずウルドはサリヴィアの元に訪れるようになった。

手ぶらではなんだからと、花やお菓子、時には流行の本を携えて会いに来るのだ。

断りたくてたまらなかったが、すっかりウルドの見た目に心奪われていたらしいメイドたちによって、気がつけばサリヴィアと彼は客間で向かい会って座らされている。

他愛のない会話ばかりだし、時には冷たくあしらっているというのにウルドは毎度楽しそうにサリヴィアに微笑みかける。

ウルドの行動の理由が理解できず、サリヴィアの胸中には疑問と混乱ばかりが積もっていく。

（まさか平手打ちにされたことを根に持って復讐の機会を待っているのかしら。それともお金目当て？）

相手はあの腹黒騎士ウルドだ。

本気で反撃されたら勝てる見込みはないし、下手に出た途端に賠償金を請求されるかもしれない。

決して隙を見せないようにしなければと気を張り続けていたが、ウルドの態度はいつも飄々としていて、悪意があるようには感じられない。

「わたくしと話していて楽しいの？」

「楽しいですね。あなたのような反応をされる方はとても新鮮だ」

「変わった趣味をしているのね」

「よく言われます」

何を言っても暖簾に腕押し。ひらりひらりとかわされて腹立たしい。

だが同時に、ここまで長い時間を家族以外の男性と過ごすのは初めてで、サリヴィアは妙な楽しさを感じていた。冷たい棘を含ませた言葉を差し向けても笑顔でかわすし、面白い話題も尽きない。手土産に持ってくるのは流行の可愛いお菓子や珍しい詩集といった、高価ではないが貰って嬉しいものばかり。

これまで出会ってきた男たちのように、サリヴィアを可愛いだけのお人形として扱うのではなく、対等な人間として尊重してくれているのが伝わってくる。

最初は鬱陶しいとウルドの訪問に嫌がっていたサリヴィアだったが、次第にその来訪を楽しみにしはじめていた。

本当に彼はあのゲームで腹黒騎士だったウルドなのだろうか？　とサリヴィアは考えはじめていた。

名前と見た目が偶然一致しただけなのかもしれない。

前世の記憶は曖昧な部分もあり、この世界があのゲームの世界だという証拠はどこもないし、他の攻略キャラクターらしき人物に遭遇したこともないのだ。

何より『サリヴィア』という名前のキャラが思い出せない。

もし本当にここがあの世界ならば、真っ先に自分を見て思い出すはずなのに、と。

その日も、街で人気だという可愛い熊を模した焼き菓子を手土産に、ウルドはサリヴィアの元を訪れていた。

「かわいい」

そのあまりの可愛さにサリヴィアは冷たい態度を取るのも忘れ、年相応の少女のような愛らしい笑みを浮かべていた。

「これ、食べられるの⁉ すごいわ」

そのひとつを手に取り、榛色の瞳を輝かせるサリヴィアの横顔にウルドは眩しそうに目を細めていた。

「お茶を煎れて頂戴」

弾んだ声でメイドに紅茶を頼んだところで、サリヴィアはようやく自分が浮かれていたことに気がつき、慌てて表情を引き締めた。

「サリヴィア嬢」

「……なんでしょうゼーゼバン様」

「そろそろサリィとお呼びしてもよろしいかな？」

突然距離を詰めてきたウルドの発言にサリヴィアは動揺するが、努めて冷静なふりをして見つめ返す。

「その呼び方は親しい方にしか許しておりませんの」

「私たちはもう親しい間柄では？」

「お若いのに判断力が衰えていらっしゃるのね。残念ながらただの顔見知りですわ」

「つれないなぁ」

少しだけ悲しそうな表情に、ちくりと胸が痛む。

（わたくしが悪者みたいじゃないの）

事実、可愛くないことを言っている自覚はあり、サリヴィアは自己嫌悪に襲われていた。

この短い間に、目の前のウルドはゲームとは似ても似つかない普通の青年なのではと思いはじめていたからだ。もしこの記憶がただの勘違いなら。

「……お茶飲み友達くらいなら思ってくださっても結構よ」

サリヴィアの言葉にウルドは目を丸くし、そして嬉しそうに微笑む。

「顔見知りから茶飲み友達とはたいした進歩だ。通ってきた甲斐がありました」

「……」

素直な令嬢ならば微笑と共に可愛い言葉を口にできるのにどうして、とサリヴィアは己の手を握りしめた。

この時間を楽しく思いはじめているなんて口が裂けても言えるはずがない。

何故ならウルドは恋の噂が絶えず、数多の愛人がいるとさえ言われている存在だ。

毛色の違うサリヴィアを面白がっているだけかもしれない相手に、自分からのぼせるなんていい恥さらしだ。

　これ以上、ウルドと親しくなってしまう前に平凡でも優しい相手を見つけようと、サリヴィアは密かに決意を固めていたのだった。

＊＊＊

「サリィはウルドにご執心なんだね」

「お兄様、逆ですわ、逆」

　兄であるレアントの言葉にサリヴィアはげんなりとした表情を浮かべる。

　レアントはそんなサリヴィアの様子に笑い声を上げると、素直じゃないなぁと言いながら頭を撫でてきた。

「だって頻繁に会っているんだろう？　お前がそこまで気に入るなんて」

「……わたくしが何を言っても通ってくるんですもの」

「ふーん」

　面白がっているようにしかみえないレアントからサリヴィアは視線を逸らす。

　妹にひたすら甘い兄ではあったが宰相付の文官だけあって、レアントは鋭いのだ。

　じっと見られていると内面まで暴かれてしまいそうで落ち着かない。

「お兄様こそ、ウルド様とお知り合いだったなんて驚きですわ」

「ああ。あいつとは貴族学校時代からの知り合いでね」

レアントが悪戯っぽい笑みを浮かべた。

「へぇ」

意外な関係にサリヴィアが驚いていれば、

「ところで、婚約者探しはうまくいっているのかい？」

「……聞かないでくださいまし」

ウルドとの頻繁な『お茶会』がそれとなく噂になっているせいか、サリヴィアのお相手探しは難航していた。

一部のご令嬢から嫉妬されたのか招待状の数は激減したし、何故か夜会がある日に限ってウルドが来て準備もできず参加を見送っているので、出会いの機会には一切恵まれていない。

「僕としては可愛い妹はいつまでも家にいてほしいものだけれど、ヘレアおばあ様の意向には逆らえないしなぁ」

そう。ミチル家でヘレアおばあ様の言葉は絶対だ。

先日もサリヴィアは直々に呼び出されて対面でお小言を言われたばかりだ。

「可愛い妹が恋もせずに結婚するのは可哀想だ。僕も一肌脱いであげよう」

「え？」

レアントが差し出したのは一枚の封筒だった。

「急だけど、今夜小さなパーティがある。役付きの身内だけを集めた会だから、身元もしっかりしているし、僕もいる」

「お兄様……！」

「めいっぱい可愛くしておいで」

そしてその夜、サリヴィアは兄の言葉に従い最高のオシャレをしてパーティへと繰り出した。

レースを何重にも重ねたレモン色のドレスは黄薔薇（ばら）を思わせ、髪は柔らかく結い上げられて細い首筋が際立っている。

小柄なサリヴィアだからこそ着こなせるその姿は妖精も逃げ出すほど可憐（かれん）であった。

レアントにエスコートされ会場に入れば、どこからともなく感嘆の声が聞こえてきて、ああ着飾ってきてよかったとサリヴィアの胸は満足感で満たされる。

会場に視線を巡らせれば、雰囲気のよさそうな男性が何人もいる。

話しかける前にレアントに確認すれば既婚者か、婚約者がいるかはすぐにわかるから、愛人や浮気相手を求める男性は回避できそうだという安心感もあり、サリヴィアの心が躍る。

この場でうまく立ち振る舞えば念願の婚約者確保も夢ではない。

さて、どこから手を付けようかとサリヴィアが意気込んでいると、今一番聞きたくない声が頭上から降ってくる。

「どこのお美しいご令嬢かと思えば、サリヴィア様でしたか」

「……ゼーゼバン様」

振り返れば、自分を見下ろすウルドがそこにいた。

今日はいつもより高めのヒールを履いているのにこの身長差かと腹の中で舌打ちしながらも、周りから不審に思われないようにサリヴィアは笑顔のまま彼を見上げた。

ウルドの装いは招待客というより護衛の騎士だ。

上級貴族ばかりの場なので護衛兼招待客という立ち位置なのかもしれない。

見慣れた隊服よりも少しだけ豪華なのは場に合わせてだろうか。

そのせいかやけに威圧的な印象を受ける。

「今日もお相手探しですか？」

「……なんのことでしょう」

「婚約者をお探しとか」

「お兄様ね」

人の事情を勝手に喋るなんて！

怒りを込めてレアントの姿を探せば、他の客と談笑中していてこちらを見ようともしない。もしかして、ウルドを引き合わせるためにこの場に呼ばれたのだろうかと疑いたくなった。

「ゼーゼバン様にご心配いただくことではありませんので、お気になさらず」

「……へぇ？」

ひやり、と首筋に刃物が当てられた気がしてサリヴィアは息を呑む。

笑っているのに笑っていない。

「なかなか手ごわいですね」

なんのこと、と聞く前にウルドの手がサリヴィアの右手をすくい上げる。

「ファーストダンスは私と踊っていただけますか？」

「今は、職務中では……」

「楽しむ権利ぐらいはありますのでご心配なく」

断る間もなくダンスホールに連れ出される。

完璧なリードで苦手なワルツのステップまで軽々と踏めてしまう不思議な浮遊感。

初めて踊る相手とは思えない一体感にサリヴィアの胸が高鳴る。

(これはご令嬢方が騒ぐのも無理がないわね)

以前、ウルドのダンスは麻薬だと顔見知りの令嬢がうっとりと語っていたのを思い出す。

この美しい顔に見つめられ、抱き寄せられ、空を舞うように踊ったならば、大抵の令嬢は恋に落ちるだろう。

不覚にも胸がときめいてしまうのも仕方ないと己に言い聞かせ、サリヴィアはなるべく彼の顔を見ないように視線を逸らしつづけた。

「お上手ですこと」

「サリィもね」

「……その呼び方を許した覚えはなくってよ」

「ほんとうに手ごわいお方だ」

「あなたほどではありませんわ。女泣かせで有名な金の騎士、ウルド様」

わざとらしくサリヴィアがウルドを名前で呼べば、ウルドの目が大きく見開かれる。

金の騎士とはウルドの髪色とその造形美からとった彼の通称名だ。

「私が遊び人だとでも？」

「わたくしが噂を知らないとでも？」

サリヴィアの切り返しに、ウルドが軽く目を見張る。

「初めてお会いした夜も可愛らしい令嬢を泣かせていたではありませんか。よく考えればお似合いでしたのにお邪魔をして申し訳ありませんでした」

吐き捨てるような冷たいサリヴィアの言葉に、ウルドの青い瞳がすっと細められる。

腰に添えられていたはずの手が、背中を撫でるように動いた気がしてサリヴィアは目を尖らせた。

「なっ……！」

やっぱりこいつもろくでもない男だったのかと、その足をヒールで踏みつけてやろうとするが、簡単にかわされてしまう。

曲が終わり身体を離そうとしても強い力で引き寄せられ逃げられない。

「は、離して……！」

憎らしいほどに整った顔をひっぱたこうと振り上げたサリヴィアの腕は容易く摑まれ、強く抑え込まれてしまった。

「サリヴィア様？　ご気分が悪いのですか？」

白々しい台詞を吐きながら、ウルドはサリヴィアを素早く抱き上げる。

あまりのことに驚いたサリヴィアは叫ぶことさえできず、周囲が二人の不自然な姿に気がつくより先に会場から連れ出されてしまう。

「なにを、んっっん！」

人気のない廊下に出てようやく、サリヴィアは我に返り叫ぼうとした。

しかしその唇はウルドの唇によって乱暴に塞がれる。

初めてのキスに驚き凍りつくサリヴィアを間近で見つめるウルドの瞳は、どこか険しい。目を閉じる間さえ与えないキスは深くなるが、抱きかかえられているせいでろくな抵抗ができない。

「ん、んんぅ！」

せめてとウルドの肩を小さな拳で必死に叩くが、びくともしない。

キスで言葉を封じられ、連れ込まれたのは小さな個室。

そこは、恋人同士にはおなじみの休憩所だった。

「あぅ」

ようやく呼吸を許された唇から勝手に零れた甘えたような声に、顔が熱くなる。

自分のものとは思えないような女の声。

状況の把握が追い付かず、サリヴィアは呆然と目の前のウルドの顔を見つめる。

「ウルド、さま」

舌がうまく回らない。

灯りのない薄暗い空間に、遠くからダンス用の曲がうっすらと響いてくる。

部屋の中央には簡易なベッドがあって、サリヴィアを抱えたままウルドはそこに腰かけた。

「悪い子だ。俺の気持ちを試すようなことをして」

「なに……？」

ウルドの一人称がいつの間にか「私」から「俺」に変わっている。

口調もなんだかいつもと違い、まさかこれが素なの？　とサリヴィアがその変化に戸惑っていると、ウルドはその様子を面白がるように低い声で笑った。

「素直になるのを待っているつもりだったが、少し仕置きが必要だな」

「え？」

サリヴィアが首を傾げると、ウルドが困ったように目を細める。

「可愛い顔をしても駄目だ」

近づいてくる体温が頬をくすぐり、唇に温かいものが押し当てられる。

それがウルドの唇だと気がついた時には二度目のキスがはじまっていた。

唇の表面を合わせるだけの優しいキスが幾度となく繰り返される。

『きもちいい』

他人の体温がこんなに気持ちいいものなのかと、サリヴィアはその感触にうっとりと身体をゆだねてしまっていた。

ちゅっちゅっと上唇をついばむように吸い上げられると、頭の中が痺れるように霞がかり、抵抗しなければというサリヴィアのなけなしの意思を奪っていく。

繰り返されるキスの合間に息をすることに必死で、サリヴィアは気がつけばウルドの肩に爪を立ててすがりついていた。

ウルドの手が首筋を撫で、ドレスの上から胸を揉む。

「！」

サリヴィアは驚いて身を引こうとするが、キスで抑え込むようにベッドに押し倒され逃げることは叶わない。

コルセットのおかげで守られている感覚はあったが、逆にじれったいような感触が胸の皮膚をくすぐった。

「だ、だめぇ」

無理やり身をよじってキスから逃れたサリヴィアは声を上げるが、サリヴィアの唇という愛撫の対象を失ったウルドの唇は、今度は彼女の首筋に押し当てられた。

喉を辿るように胸元にキスを落としながら、コルセットで押し上げて作られたふっくら

した胸丘の感触を楽しむように唇で撫でられる。

熱い舌が谷間に挿し込まれる感触にサリヴィアは悲鳴を上げる。

「ばかばかっ」

そんなところ舐めないで、とかすれた声で訴えるサリヴィアにウルドは低く笑う。

「ではこちらを味わおうか」

低い囁きが耳朶を撫で、唇が再び奪われる。

呼吸すら奪われもがいていると、胸の上を撫でていた手がゆっくりと滑り下りて、スカートの上からサリヴィアの太股を撫でまわす。何重ものレースが阻んでいるはずなのに、皮膚を擦る感触にサリヴィアは腰が震えるのを感じた。

「やっ」

「サリィ」

名前を呼ぶためか離れたウルドの唇が、今度は頬を撫でるように滑り、サリヴィアの小さな耳朶にたどり着く。

薄い耳朶の形を確かめるように動いた唇が薄く開き、赤い舌がその窪みを舐めあげた。

「ひやっ」

甘ったるい悲鳴が零れ、サリヴィアの身体が大きく跳ねた。

ふうっと温かな吐息が吹きかけられて、凹凸の隙間を埋めるような淫猥な動きで舌先が耳を舐っていく。

じゅるじゅるという粘り気のある水音が耳孔から直接脳に響いて、そこから食べられているかのような錯覚すら感じた。

「やだ、やだそんな、やめて」

「柔らかくて、おいしそうな耳だ」

皮膚の薄い部分に歯を立てられると、本当に嚙み切られてしまうのではないかと恐怖を感じ、サリヴィアは首をすくませた。

ウルドの舌先が動きを早め無遠慮に耳の周りの薄い皮膚をも舐めまわす。そして首筋を辿り浮き上がった鎖骨にたどり着く。

味見でもするかのように鎖骨を前歯で撫でられて、サリヴィアは短い悲鳴を上げた。

服の上から足を撫でていた手が、ゆっくりと重なったレースをまくり上げ、中に入ってくる。

ストッキングの上を辿り、ガーターベルトの紐(ひも)を悪戯っぽく引っ張るウルドの手は素手ではなく、上質な生地の手袋に包まれていた。

太股の素肌を撫でるさらさらとした手袋の感触に、サリヴィアは熱に浮かされていた思考が急に冷えるのを感じた。

モノクロの映像が脳裏に映し出される。

それは、封印していた前世の記憶。

全身が凍りつくような恐怖心が体温を奪う。

「や、やめてっ」

先ほどまでの熱っぽい声とは真逆の、本気で怯えた声が青ざめた唇から零れた。

敏感な部分に近くなっていく手袋の感触を振り払うように、サリヴィアは足をばたつかせる。

「イヤっ！」

頬をつたう生温かな感覚に、サリヴィアは自分が泣いているのだと気がついた。

ウルドによって舐められ熱を持っていたはずの耳や首筋が急に凍りついたように冷たく感じて、身体を震える。

サリヴィアの態度の変わりように、ウルドの表情が驚きにこわばり動きが止まった。

「サリィ？」

「やだ、やめて、やめてください」

いつもの勝ち気な口調が嘘のように怯え、青白い顔ではらはらと涙を流すサリヴィアの姿に戸惑いを隠せないウルド。

「どうした？ そんなに俺が嫌なのか……？ 泣かないでくれ……」

泣き出してしまったサリヴィアに狼狽える姿は、さっきまでの強引さが嘘のような優しい手つきで震える身体を引き寄せ、腕の中に囲い込むように抱きしめた。

「ちがう、ちがうのです」

ウルドにされたことは確かに酷いが、泣いている理由はそれではない。

少なくとも抱きしめてくれる温かくたくましい腕の感触のおかげで、わずかだが冷静さを取り戻しかけていた。

だがどうしても駄目だった。

思い出してしまった前世のおぞましい記憶が心と身体を蝕んでいく。

前世の自分と今の自分が同化したような思考の混乱に、意識が遠のいていくのを止められなかった。

「サリィ？」

ウルドの気遣わしげな声に大丈夫だと言ってあげたかったのに、言葉ひとつ紡げなかった。

＊＊＊

サリヴィアが目を覚ましたのは自室のベッドの中だった。

昨夜の出来事はすべて夢だったのかとやけに重たい身体を起こすが、部屋の隅にかけられた少し皺（しわ）になったドレスがあれは現実だったと示していた。

「……」

コンコンと控えめなノックが聞こえ、短く返事をすればメイドが顔を出した。

「お嬢様、お目覚めですか？」

「ええ」

「具合はどうです？　パーティ会場でお倒れになったとレアント様が大慌てでしたよ」

兄の慌てふためいた姿が目に浮かび、サリヴィアは苦笑いを浮かべる。

「ゼーゼバン様からもお身体を心配するお手紙が来ております」

「……」

サリヴィアは差し出された封書を受け取るが、今は読む気になれないと枕の下にそれを押し込んだ。


身体を清めたくてバスタブに湯を張ってもらい、温かな湯に身体を沈み込ませた。

本当に小さな身体だ、と湯船の中の自分の身体を今更ながらにしげしげと観察した。胸のふくらみはささやかだし、手足は細く棒のよう。前世の記憶と比較しても年齢の割にかなり幼い。この世界の女性は発育状態がよくないというか、全体的に皆小柄。だが、自分ほど背が低いのは珍しいと感じていた。

手鏡で、さんざん舐められた耳や首筋のあたりを確認してみるが、あとらしきものは何もついていない。

意外ではあったが、隠れた場所にすら痕跡を残さないあたり、ウルドはこの手のことに慣れているということだろう。

ウルドがどんな意図をもって昨晩の行為に及んだのかまったくわからず、サリヴィアは頭を抱えたくなった。

簡単になびかないからと、身体から籠絡しようとしたのだろうか。

しかしそれがあのウルドにとって必要なこととは思えない。

サリヴィアはなんの権力もないただの小娘だし、兄も宰相付の文官というだけで、ウルドの役に立てるような地位にはいない。

ゲームの中のウルドは、女性を道具のように考えている腹黒騎士だった。

自分の利益になるかならないかの二択で、役に立たないのであればたとえどんな美女でも相手にしない。

興味本位や自分の思い通りにならないからなんて、軽い理由で手を出すキャラではなかった。

なにより、短い期間ではあるがこれまで交流してきて知ったウルドは、そんな軽薄な人間ではない。

それに、ウルドは泣いて嫌がったサリヴィアを突き放すのではなく、抱きしめてくれた。

「……わからないわ」

ひょっとしたらあれは、急に泣きだし震えていたサリヴィアに騒がれるのが嫌で、落ち着かせようとしてくれただけなのかもしれない。

普段は気の強い令嬢がいざとなったら怯えて泣くなんてみっともないと呆れて興味を失ったかも、と嫌な考えがよぎってサリヴィアは何故か涙が出そうになった。

ばしゃんとわざとお湯を叩いて音を立てる。

ゆらゆらと揺れる湯面に映るサリヴィアの姿は人形のように整っていて、本当にこれが自分なのだろうかとさえ思ってしまう。

不埒な行為をされたことが非常に腹立たしい。ウルドに限ってそんなことはしないと信じていたのに。

どうして失望しているのかという戸惑いと共に、こらえきれなかった涙が零れて湯船に落ちた。

遅めの朝食をとっていると、レアントが心配そうな顔を覗かせた。

「大丈夫かいサリィ？」

「お兄様。ええ、もう大丈夫ですわ」

「よかった。君が気を失ったとウルドが連れてきた時には肝が冷えたよ」

「……久しぶりの夜会に疲れたのかもしれません」

「あんなに狼狽（うろた）えたウルドは初めてだったなぁ」

「ウルド様が？」

呆れていたならわかるが、狼狽えるとはいったいどんな状態だろう。

「あのいつも冷静ぶった顔を真っ青にして、ぐったりしたお前を抱きかかえて来てね」

「まさか」

「そのまさかさ。僕はあいつがお前に不埒な行為でもしたんじゃないかと思ったよ」

「……そんなわけないじゃありませんか。わたくしを誰だと思っているのですか？」

「そうだよね、サリィは強いから」

「……ええ」

また様子を見に来ると言い残してレアントは仕事に戻っていった。

兄の言う通りだと、サリヴィアはまるで自分に言い聞かせるように呟いた。

伯爵令嬢サリヴィアは口が悪くて男に弱みを見せない、気高く美しい少女。

そういう存在になりたいと願った、『前世の私』が作り出した理想の存在。

前世では、子どもの頃から地味で存在感が薄かった。親戚の集まりでお年玉をもらい損ねるような、みんなに配られるお土産の数に入れられていない。

大人になってもそれは変わることがなく、家庭にも職場でも居場所を得られなかった。

いつもどこか満たされず、もっと自分という存在を世界に主張したいと思いながらも、勇気がなくうじうじと後ろ向きだった前世での自分。

そんな日常を癒やしてくれたのが乙女ゲームだ。

地味な少女は、ゲームの中では可愛い主人公になり、たくさんの男性から愛を囁かれる。

選択肢さえ間違えなければ、必ずハッピーエンドが訪れた。

そんなある日、ゲームではなく現実で彼女を好きだと言ってくれる人に出会った。

ゲームの中の王子様のように優しく、彼女だけを見て彼女の話を聞いてくれる人。

ようやくハッピーエンドが訪れたのだと信じていたのに。

その人が求めていたのはもの言わぬ人形。

女性の身体を好き勝手に弄び着飾らせたいという欲求を叶えてくれる女なら誰でもよかったのだ。

人付き合いが苦手で家族とも疎遠だった女は格好の獲物だったのだろう。

本性をあらわし、豹変したその人の言葉や態度に恐怖し、身動きの取れなくなった彼女の身体は玩具のように扱われた。手袋をはめたまま素肌に触れ身体のすみずみまで撫でまわす手つきは、性的なものというよりは美術品を扱う職人のような動きだった。最後の一線を越えることはなかったが、彼女の心は深く傷つき、その人から逃げるため家族も職場も捨てた。

二度と他人に己を触れさせないと誓い、そのまま孤独な生涯を閉じた。

三文小説のような安い悲劇に涙すら出ない。

よく今まで思い出さなかったものだとサリヴィアは乾いた笑みを浮かべた。

いや、きっと思い出したくなくて封印していたのだろう。

女性を見下した男性に過激なまでに攻撃的になってしまうのも、軽々しく身体に触れてくる奴が嫌いなのも、前世のその経験が深層心理にあったからなのだろうと納得した。

あの時、下肢を撫でる手袋の感覚が封印していた記憶を呼び覚ましたのだ。

その蘇った恐怖に泣き出してしまっただけで、ウルドに罪はない。

「いや、あるわね」

合意もなく突然あんな行為をするのは言語道断。

枕の下に押し込んだ手紙を引っ張り出す。

読まずに突き返すのも簡単だが、それは負けを認めることになる気がしてプライドが許さない。

前世の辛い記憶のせいで取り乱しはしたが、前世は前世だ。

今の『サリヴィア』には関係ない。

せっかく生まれ変わって、過去の『彼女』とは違う、強く気高い伯爵令嬢サリヴィアになったのだ。

たとえ相手が腹黒騎士とはいえ、泣き寝入りは絶対にしたくない。

「覚悟しなさいウルド。わたくしに手を出したこと後悔させてさしあげるわ」

第二章　攻防のはじまり

「また、こうやってお話しできて安心しました」

　ウルドから届いた手紙の内容はサリヴィアの身体を案じる形式的な挨拶文と、体調がよくなったらまた一緒にお茶を飲みたいというお誘いだった。

　サリヴィアは、じっくり一週間おいてから『元気になったのでいつでも来てください』と返事を出した。

　するとウルドは次の日には花束持参でやってきた。

　このマメさは感心すべきところだろうが、どこか嬉しそうな笑顔のウルドが気に食わなくて、サリヴィアはあえてすました表情のまま目線を合わせない。

「色々とお手間をとらせたようで失礼いたしました」

　色々と、という部分を強調すれば、ほんの少しだがウルドの眉が動く。

「体調はもうよろしいのですか？」

「ええ、おかげさまで」

「あの日はあまりお話もできず残念でした。最後までエスコートできず申し訳ない」

「わたくしも残念でしたわ。素敵な殿方もたくさんいらしたというのに、ほとんどお話ができませんでしたもの」

「サリィ？」

「ゼーゼバン様。わたくし、家族以外にその呼び方を許してはおりませんのよ」

気安く呼ぶなとサリヴィアはウルドを睨みつける。

それは、許してなどいないという意志表示。

ウルドはさすがのポーカーフェイスで微笑んではいるが、その笑顔は先ほどより少しだけ硬い。

「……怒っていますか」

「心当たりがおありなら、そうかもしれませんね」

ここであえての笑顔を向けるサリヴィア。もちろん完全なる作り笑いだ。

「わたくし、新しいドレスが欲しいのです。それと靴も。今の流行はポンソワル工房だそうですわ」

この流れでこの発言は、それを手に入れなければ許さないという意図が含まれる。

（さあ嫌がれ。そして困るがいい）

サリヴィアは腹の中で意地悪く舌を出す。

ポンソワル工房は新進気鋭のデザイナーが営む、巷で人気のドレス店。

生地や仕立てにも手を抜かないので値段がかなり張ると聞く。

名のある貴族や金持ちでなければ店内に足を踏み入れられないし、採寸するだけでも数か月の予約待ち。

流行に聡いウルドならば、この我儘が度を超しているのはすぐに理解できるだろう。

謝罪の品を要求するというより、もはやゆすりたかりに近いかもしれない。

無理なおねだりに困るウルドを想像し、サリヴィアは作り笑顔を深くする。

「わかりました」

「ええそうですわよね、無理ですわよね。ゼーゼバン様でもむずかし……え？」

まさかの回答にサリヴィアの作り笑顔が固まった。

「幸運なことに、私には工房に縁がある知り合いがおります。近日中に都合をつけさせましょう」

「え、で、でも、人気で公爵家も予約待ちをしていると噂で」

そのような割り込みが簡単にできるはずがない、とサリヴィアは慌てるが、ウルドは何故か非常に上機嫌でやる気を見せている様子だ。

「いいえ。あなたの願いならばどんな無理も押し通してみせますよ。さっそく連絡をとってみます」

善は急げと言った様子で立ち上がるウルドの笑顔は眩しいばかりに輝いている。

「採寸の時には私もお付き合いいたしましょう。あなたのドレスを選べるなんて光栄だ」

やられた。これではまるでデートの約束だ。

無理難題を押しつけて恥をかかせたうえで諦めさせようと思っていたのにと、サリヴィアは自分の計画が逆に自分を追い詰めたことに血の気を失った。

「では、当日を楽しみにしております」

「え、ええ」

言い出した手前取り消すことなどできず、サリヴィアは眩暈がしそうだった。

＊＊＊

「いらっしゃいませ」

まるで貴族の屋敷にきたかと錯覚するほどに完璧な立ち振る舞いの店員がサリヴィアたちを出迎えてくれた。

たかだか街のドレス店のはずなのにという内心の動揺を隠しつつ、サリヴィアは貴族令嬢らしく優雅な微笑を返す。

ウルドは言葉通りたったの一週間後に予約を取りつけてきた。

逃げ出すことなどできないサリヴィアが案内されたのは立地も構えも完璧な高級店。

予約は一日一組のみで客に特別感を与える演出だ。

本当にいったいどんな手段を使ってこの日を空けさせたのか聞き出したいが、たぶん絶対に教えてくれないだろう。

「では、お嬢様はこちらへ」

貴族令嬢といわれても不思議ではないほどの上品な仕草のお針子に手をとられ、採寸用に設けられた個室に通される。

ウルドはお茶を飲んで待っているらしい。

さすがのウルドでも淑女の採寸現場にまで立ち入るような無礼さは持ち合わせていないようだ。

「失礼いたします」

今日の服は簡素なワンピースなので服を着たままの採寸で問題ないと言われた。

首回の採寸のために少しだけ背中のリボンが緩められた。

「お嬢様は小柄でいらっしゃいますから、明るい色合いがお似合いかもしれません」

「あまり派手な色だと、道化のようではなくて？」

「そこは当店の腕の見せどころでございます」

あちこち細かく採寸されながら数人のお針子たちの質問に次から次に答えていく。

彼女たちは的確な質問でサリヴィアの好みや希望を聞き出し、似合う色合いやドレスの形などの実用的なアドバイスまでくれる。

なるほど、これは人気が出るわけだと納得するほかなかった。

靴のサイズまでしっかり測定されて、ようやく解放される。

生地の候補を選ぶ間にお茶をどうぞと促され、サリヴィアは最初の客室に戻った。

小さなテーブルを挟んで向かい合わせに置かれた高級そうなソファに座ったウルドが一人悠々とお茶を飲んでいた。

隣に座りたくなくて、サリヴィアは向かいのソファにそっと腰を下ろす。

「わたくしの従者はどこへ行ったのかしら」

「店の者が参考までにあなたが愛用しているドレスや靴が見たいというので、お屋敷まで取りに行かれていますよ」

「……もしかして、最初から持ってくるようにと店側から言われていたのでは？」

「急な予約だったので伝言がうまく伝わってなかったみたいですね」

（こいつワザとだな）

サリヴィアが白けた視線を向けてもウルドは意に介する様子もなく、ゆっくりと足を組み直し笑みを向けてくる。

その姿は腹立たしいが、流行の店に連れてきてくれたことは素直に嬉しいし、許してあげてもいいのかもしれない。

生地を運んでくるまでには時間がかかるらしく、店員が部屋を出れば二人きりだ。

サリヴィアはいつでも逃げ出せるように身構えながら、出された紅茶をちびちびと飲んでいると、その様子をじっと見ていたウルドが楽しそうに笑った。

「熱いお茶は苦手ですか」

「子どもっぽいとでもおっしゃるの？」

「いいえ、大変お可愛らしい」

「馬鹿にしていますわね」

「心外だな、事実、小さな口元が食べたくなるほど可愛い」

許してやろうと考えた矢先にこれだとサリヴィアは唇を尖らせた。

口調もあの夜と同じで飾り気がなくなっている。

生地選びは後日にしてさっさと帰ろうと部屋の中を見回すが、こういう店には必ずあるはずの呼び鈴がない。

令嬢たる者、声を上げて人を呼ぶのはマナー違反なので憚られる。

言伝を頼むにも従者はいない。

「……謀りましたね」

「こうでもしないとサリィは俺と話さないだろう」

「その呼び方は許していないと言ったでしょう」

「キスした仲なのに？」

「あ、あれはあなたが無理やりっ……！」

あの夜を思い出しサリヴィアは顔を赤くする。

ウルドの笑みが真面目な表情に変わった。

「サリィ」

「な、なんですの」

綺麗な男の笑顔は眩しいが、真顔は心臓に悪いとサリヴィアは視線を逸らす。

「これでも反省しているんだ。サリィを怖がらせたことを」

言うと同時に立ち上がるとウルドはサリヴィアの横に移動する。

息がかかるほどの距離に詰め寄られ、サリヴィアは離れようと身体を浮かせるが、ソファのひじかけに背中がぶつかって、逃げ出す暇も隙もなくなってしまう。

「急ぎすぎたこと、心から謝罪する」

「言葉と行動が反対ではありませんか」

「サリィが可愛すぎるのが悪い」

「……そうやって、誰にでも甘言を囁いているのでしょう」

「なるほど。過去のツケを払わされているというわけか」

ウルドの指がサリヴィアの髪をひと房掴んで優しく撫でる。

何故かその指先は怖く感じず、サリヴィアは不思議な気分だった。

それがウルドの指だとわかるからだろうか。

「俺がここまでするのは君が初めてだよ」

「どうだか。あんな乱暴なこと、許せません」

「俺という相手がいるのに、君が婚約者探しに必死で腹が立ったんだ」

「あ、相手って」

「あんなに必死に通い詰めていた俺が遊びだと？」

指先で弄んでいたサリヴィアの髪にウルドが口づけた。

まっすぐに自分を見つめる青い瞳の真剣さに、サリヴィアは返す言葉を失う。

「他の女と君を比べたことなんて一度もないよ」

「そ、その割には手慣れてらしたこと！」

キスひとつで動きを封じられたのだ。

他の女と嫌という程経験して来たことなのでしょうと瞳に滲ませ睨みつければ、ウルドの青い瞳がわずかに震えたように見えた。

その様が何故か寂しそうで、サリヴィアは文句の言葉を継げなくなる。

「また頰を叩かれたらたまらないから、ああするのが手っ取り早いだろう？」

「なっ！」

ならご希望通り叩いてやろうと振り上げた腕は、容易く掴まれてしまう。

「ほら、手が早い」

「それはこちらの台詞です」

腕を掴んでいる力は対して強くないはずなのにびくともしない。

「サリィ」

「だからっ」

「可愛いサリィ、俺の何が不満？」

「っ……？」

耳元で囁くように名前を呼ばれ、サリヴィアは首筋をすくませる。

「やめてくださいゼーゼバン様！」

「酷いな。俺の名前を忘れた？」

「やっ」

耳朶に唇が触れた。身体に密着する体温と鼻をくすぐる甘い香り。

何故か嫌悪感は湧かず、不思議な心地よさとくすぐったさにサリヴィアは身をよじる。

「やだっ、それいやっ」

「ちゃんと名前を呼ぶまで駄目だ」

「なにを……あっ！」

熱く濡れたものが耳朶に触れて、あの時と同じように耳をなぶられていることに気がついたサリヴィアは息を呑んだ。

音を聞くための器官がこんなにも敏感な場所だなんて知りたくもなかった。

温かな吐息でくすぐられ、舌と歯で味わわれている。

近すぎる音が聴覚を支配して、頭から食べられているように錯覚する。

気力を振り絞って摑まれていない腕で、ウルドの肩を叩いて抵抗を試みるが、ぱすぱすと乾いた弱々しい音しかしなかった。

「やだぁ」

「あまり可愛い声で鳴くな。我慢ができなくなってしまう」

首元のリボンが緩んだままだったらしく、耳から滑り落ちたウルドの唇がサリヴィアの首の付け根に辿り着き、白い肌を吸い上げた。ピリッと甘い痛みにサリヴィアが「あっ」と艶っぽい悲鳴を上げる。

肩を抱いていた大きな掌が胸元の近くを撫ではじめ、サリヴィアはとうとう音を上げた。

「駄目、やめて！　ウルド様！」

「……よくできました」

約束通り名前を呼んだあとは、驚くほどにあっけなくウルドはサリヴィアの身体を解放した。

突然離れた体温のせいで急に寒くなった気がしたが、認めたくなくてサリヴィアは自分の身体を抱きしめウルドから距離をとる。

心臓の音がうるさくて顔が熱い。きっと情けない顔をしているはずだとサリヴィアは恥ずかしいやら居たたまれないやらで、どんな顔をしていいのかわからない。

ウルドに何か言ってやらなければ気が済まないと口を開きかけるが、まるでタイミングをみていたように控えめなノックが響く。

「失礼します」

先ほどのお針子がデザイナーを伴い、何反かの生地を抱えて戻ってきた。

隣り合って座るサリヴィアとウルドの姿に一瞬目を丸くするが、すぐさま表情を元に戻して、何事もなかったように話し出す。

さすが人気店。余計なことは見ざる言わざるという教えが徹底されているらしい。

「お嬢様にはこういう色合いがお似合いかと思います」

用意された生地はどれも素晴らしく、発色から手触りまで完璧だった。最近流行しはじめた異国の生地や、定番の色織物まで用意されていて目移りしそうだ。

デザイナーであるマダム・ポンソワルはおっとりとした目元が印象的な女性だが、その奥の瞳は生き生きと輝いている。

「どれも素敵ね。スカートはどのような形がおすすめかしら」

「今年の流行はマーメイドラインですが、お嬢様の雰囲気を最大限に活かすのはオーソドックスなこちらのスカートかと」

デザイン画に描かれているのはパニエを何重にも重ねたふわふわのスカート。

背が低いと映えないマーメイドラインはやめておけってことね、とサリヴィアは彼女の意図を理解する。

(でも、いつも同じようなふわふわのスカートは新鮮さが足りないのよね。せっかく話題の店でドレスを作るのだから、冒険だってしてみたいわ)

「ありきたりすぎません？」

「サリィは何を着ても可愛いよ」

「ありがとうございます。存じておりますから、平凡な賞賛は結構です」

サリヴィアはぴしゃりとウルドを黙らせる。

何故か隣に座ったままのウルドはサリヴィアとマダムの話を楽しそうに聞いている。

普通の男性なら、こういう時はすぐに飽きてあくびをかみ殺しているだろうに、そんなそぶりはみじんも感じさせない。

「……ぴったりとしたマーメイドラインではなく、もっとふわっとしたデザインにはできませんの？」

サリヴィアの言葉にマダムの瞳が光った、気がした。

「と、いいますと」

「既存のものではなく、ウエストを胸の真下にしてしまい、ここからこう、生地を何重かに重ねて柔らかなラインを作るのです」

前世で読んだファッション雑誌に似たようなデザインがあったのを思い出しながら、サリヴィアはデザイン画に書き加えていく。

あの頃は縁がないと諦めていたが、今なら可愛いドレスを堂々と着られる。

基本のマーメイドラインは裾にフリルを使っているだけで、胸から下はボディラインをぴっちりと包むものだ。

だが、サリヴィアが望むのは、胸のすぐ下にリボンなどでウエスト位置を作り、そこから柔らかな薄い生地でウエストラインをふんわりと包みながら緩やかなラインを作る、ハイウエストなデザインのドレスだ。

「へぇ、サリィはデザインのセンスもあるんだね」

「思いつきですけれどね」

「……」

マダムはじっとサリヴィアのデザインを見つめている。

「素晴らしいですわ」

「え」

「お嬢様、なんて素晴らしいデザインなのでしょう？」

マダムが興奮した様子で立ち上がり、サリヴィアのデザイン画を食い入るように見つめていた。

「これならば、身長や体型にこだわらず着こなせるでしょう。胸部分のレースを調節すれば、さまざまな雰囲気が楽しめます！　斬新です！」

よっぽど刺激されたのだろう、客である二人の存在を忘れたように、スケッチブックを抱えるとデザイン画を描きはじめた。

次々と繰り出される新しいデザインのドレスはどれも魅力的だったが、サリヴィアはその中の一枚に目を留める。

「これ、これがいいですわ」

「さすがお嬢様！　これこそお嬢様のためのドレスですわ!!」

マダムは興奮冷めやらぬ様子でそのデザイン画を高く掲げた。

「次は生地ですわね。お嬢様にははっきりとした色合いをおすすめしようかと思いましたが、このデザインならば別の色味も試した方がよいかもしれません！　お待ちを!!」

マダムは止まらない。つられてサリヴィアも興奮してしまう。

結局、そこから生地選びが再度はじまり、靴の形状にまで話は及び、二人がようやく店を出ることを許されたのは日が傾きかけた頃だった。

気力を根こそぎ奪われた気分で馬車に乗り込み、夢から覚めたように呆然とするサリヴィアと、少し疲れ気味のウルドはようやく目を合わせる。

ずっと隣にいたせいで真正面から顔を見るのが久しぶりな気さえしてしまう。

「……お待たせして申し訳ありませんでした」

「いやいや。連れ出したのはこちらだ。女性の買い物は長くて当然。サリィが納得するのがオーダーできたのなら満足だよ」

よくもまぁスラスラとキザな台詞が出てくるものだと感心する。

色々な女性と浮き名を流すだけはある、とサリヴィアはつい皮肉を口から滑らせる。

「そうですわね。ゼーゼバン様は慣れていらっしゃるわよね」

「サリィ？　ウルドと呼ぶように教えたはずだ？　また虐められたいか？」

「なっ！」

鋭い視線が耳に向けられた気がして、サリヴィアは慌てて両耳を掌で隠した。

「ふふ、本当に君は可愛いね」

ウルドが楽しそうに肩を揺らしたので、からかわれたと気がついて顔に熱が上った。

「い、いじわる‼」

「可愛い顔で煽らないでくれ」

サリヴィアを見つめるウルドの顔は息が止まりそうなほどに綺麗で強い視線には熱が籠もっている。

「このまま連れ帰ってしまいたい」

己の唇を舐める様は獰猛な肉食獣を思わせる。

捕食のため狙われた草食獣の気分だ。

身をすくめてサリヴィアが怯えていると、御者が屋敷への到着を告げた。

「残念」

いつもの爽やかな笑みに戻ったウルドに手を引かれ、サリヴィアは馬車から降りた。

見慣れた景色にほっと息を吐くが、ウルドはなかなか手を放してくれない。

「こんなに誰かと離れがたいと思ったのは初めてだ」

サリヴィアの胸が痛いほどにときめく。

これほどの美形から甘い言葉をかけられたら、どんな令嬢だってイチコロだろう。

「……お上手ですわね」

「本気だよ」

「どうだか」

無理やりキスしたこと、まだ許していないのですからね、と小さく睨めば、ウルドは少しだけ困ったように微笑む。

「ことを急いだ罰か……長期戦だね」

摑んだままの手の甲に、ウルドが優しく唇を落とす。

触れているだけなのに柔らかく熱い唇の感覚がそこから伝わってじわじわと這い上がってくるような気がして、サリヴィアは息を吞んだ。

前世ではあんなに嫌だった他人との接触が、何故ウルドならば平気なのだろう。

布ごしではなく、直接体温を感じられることが、好ましいのかもしれない。

何故好ましいのか？　考えたら負けな気がする。

「あなたを必ず落としてみせますよ、サリィ」

「わたくし、そんなに簡単な女ではありませんよ」

「それがまたいい。俺にとって君がどれだけ特別な存在かわからせてあげるから、覚悟してくれ」

嬉しそうに笑うウルドはサリヴィアの反応を楽しんでいるようだ。

非常に腹立たしいけれど、嫌じゃないなんて感じている気持ちをどうすればいいのだろうと、サリヴィアは途方にくれたのだった。

＊＊＊

　ウルドはこれまで以上に足しげくサリヴィアの元に顔を出すようになった。

　最初は警戒していたサリヴィアだったが、宣言通り長期戦の構えなのか、ウルドは特に何かを仕掛けてくるようなこともなく、穏やかにお茶の時間がすぎていく。

「視察の任務が入りまして、ひと月ほど王都を離れることになりそうです」

　悲しげな表情のウルドは、急に決まったんです、と呟いた。

「……そうですか」

　短くて三日、長くても一週間あけずに顔を合わせていたので、ひと月とはずいぶん長い期間だ。

「寂しいですか？」

「別にそんなことありません」

「そろそろ素直になっていただきたいものです」

「わたくしはいつだって自分に素直ですわ」

　本当は、少しだけ寂しいとサリヴィアは思ってしまった。

　きつい口調と可愛げのない性格のせいで交友関係は広くないうえに、数少ない友人は婚約してしまい、会う機会は以前よりずっと少なくなっていた。

　ウルドの訪問は、いつの間にかサリヴィアにとってかけがえのない楽しみになっていた。

それがひと月もお預けとなると、いったいどうやって時間を過ごせばいいのだろう。

「そこでなんですが、出発前に一緒に外出しませんか」

「外出?」

「いつもお邪魔してばかりなので、たまには違う雰囲気を楽しむのもいいでしょう?」

思い出づくりというやつですと微笑まれ、サリヴィアは変なフラグではないだろうなと勘繰る。

今更ながらにゲーム内でのウルドルートが思い出された。

ヒロインである貴族令嬢がメイドとして城に通っていると、騎士であるウルドに令嬢らしくないと不審者扱いされてしまう。

しかしきちんと仕事をしていることを認めてもらい、時々会話する程度にお近づきになる、というのがきっかけだ。

個別ルートに入ってからも、掃除と料理と行儀作法と外見のパラメーターを上げまくらないと会話すらしてもらえない。

会話ができるようになり、人となりを知るようになってようやく美形な騎士の正体が腹黒だと気がついたヒロインが「そんなんじゃ本当に愛する人とは出会えない」とウルドの生き方に説教をかますのだ。

そして「お前みたいな女初めてだ」というお約束な感じで興味を持たれて、ようやく仲良くなったところでウルドの個人訓練に付き合い森へ行く流れになるが、戦闘パラも上げておかないと魔獣に襲われ死亡エンドを迎えてしまう。

戦闘パラが既定値を超えていれば、二人力を合わせて魔獣を倒して恋も実る。

途中から非常に乙女ゲームらしからぬ流れになるので、最初に挑戦した時はバッドエンドを迎えてしまったことをサリヴィアは思い出してしまった。

ヒロインを庇い命を落とすウルドのスチルが現実のウルドと重なり胸が苦しくなる。

「サリヴィア？」

急に黙り込んだサリヴィアをウルドが心配そうに見つめている。

とはいっても、あれはゲームだ。今のこの現実とは違う、とサリヴィアは考え直し、ウルドに笑顔を向ける。

「外出といってもどこへ？」

「そうですね、私がいつも訓練に行っている森などはどうかと思っているのですか」

森、という単語に先ほど振り払ったバッドエンドスチルが鮮明に思い出され、サリヴィアは急いで首を振る。絶対に駄目だ。危なすぎる。

「残念ですけれど、野外を散策するような衣装は持っておりませんの。今から用意するとなると間に合いませんわ」

本当は乗馬用にいくつか持ってはいるけれど、ここは持っていないとサリヴィアは貫くことにする。

メイドたちが何か言いたげな視線を送ってくるが、気がつかないフリを決め込んだ。

「そうですか。それでは市街に行ってみませんか？　このお菓子を出す店がカフェもはじめたそうですよ」

「まぁ」

ウルドが持ってきたのは、薄い生地で砂糖漬けの果物を包んだお菓子。

カフェという言葉にサリヴィアは瞳を輝かせる。

そういえば前世でも甘いものを求めてカフェ巡りをしたものだったと、楽しい記憶が蘇って、先ほどの憂鬱さはすぐに吹き飛んでしまった。

「よいのですか？」

「ええ、私がエスコートするならばご家族にも許していただけるのでは？」

普段ならば危ないから絶対に駄目だと言われるだろうが、腕っぷしにも定評があるウルドが一緒ならば許してもらえるだろう。

思いがけない予定にサリヴィアが喜びを隠さずにウルドを見れば、何故かウルドも嬉しそうに微笑んでいる。

「それでは、次の休日にお迎えにあがります」

「楽しみにしておりますわ」

サリヴィアはウルドを見送ると、兄を味方につけウルドと外出する許可を無事に取りつけた。

外出できる喜びで浮かれていたサリヴィアは、自分が異性と二人で出かけることを喜んでいる姿を家族がどんな目で見ているかまで考えてはいなかった。

当然、その話は祖母ヘレアの耳にも入ることになる。


「サリヴィア、お話があります」

夕食を終え、自室に戻ろうとしたところでヘレアに呼び止められ、サリヴィアはびくりと肩をすくめた。

別に何か悪いことをした記憶はないのだが、いつも怒られているせいで「お話」と声をかけられるだけで反射的にやばいと背中に冷や汗が流れてしまう。

少しでも機嫌を損ねないように、咳払いをひとつして気持ちを整え、まつ毛の先まで気合いを入れて上品な淑女の動きでヘレアの傍に向かう。

「なんでしょうか、ヘレアおばあ様」

「あなた、ゼーゼバン家のご子息と親しくしているそうね」

サリヴィアはさぁっと血の気が引く音を聞いた気がした。

むしろこれまで追及されなかったことが奇跡なのだ。

ここ数か月のウルドの来訪頻度は、たとえ恋人関係だったとしても異常だろう。

「それで、いったいどういうお付き合をしているの？」

「友人です」

「は？」

「一緒にお茶を飲む、友人です」

「そんな言い訳が通るとお思い？」

ヘレアの厳しい視線に身がすくむ。

「あなたが友人と言い張っても、ゼーゼバン殿がどう思っているかは確認したの？」

「それは……」

まさか落とす宣言をされているとは口が裂けても言えない。

「私が知る限りあなたに好意を寄せているようですね。浮き名の多い方ですから、本気かどうかはわかりませんが」

なんと答えたらいいのかサリヴィアは答えに困ってしまう。

あまりにまっすぐな言葉に俯けば、ヘレアは大きなため息を吐いた。

「あなたは昔から気が強くて言葉を隠す術を知らないから、それでもいいという殿方を逃がしてはいけませんよ」

「え……」

また叱責されるとばかり思っていたのに、思いがけないヘレアの言葉に顔を上げる。

「サリィ。私はね、可愛い孫に悲しい顔をしてほしくないから、早くよい婚約者を見つけてもらいたいの」

「ヘレアおばあ様！」

「このまま放置しておけば、あなたはその口の悪さで下手な敵を作りかねないわ。すぎた口が可愛いと思ってもらえる年頃のうちに身を固めなさい」

「ヘレアおばあ様ぁ……」

珍しく優しい言葉をかけられたと思ったら、結局は更に追い詰められただけだった。

「サヴァル辺境伯をご存じ？」

「……確か、代々北との国境警備を担っておられる御家柄ですわね」

「ご嫡男がおいでなのだけどなかなかよいご縁に恵まれないそうでね。あなたのことを推薦しておいたわ」

「な、なんで！」

サヴァル辺境伯が治める領地は文字通り国境沿いの山間の辺境地域だ。

冬が長く凍てついた大地で、慎ましく強く生きる土地柄だという。

「相手の方はもうすぐ二十七歳であなたとは十ほど離れているけれど、その分とても懐が深いお方よ。あなたも気に入るはずだわ」

「そんな、まだ約束の日までは時間が」

「そうね。でももう遠くないはずです」

「う……」

十七歳の誕生日まではあと半年もない。

「孫娘のあなたが恋を知らずに婚約するのは可哀想だとわたくしも思っています。死に物狂いで努力なさい」

今までで一番の重く辛い言葉に、サリヴィアはうなだれることしかできなかった。

＊＊＊

「なんだか浮かない顔ですね」

せっかくの外出だというのにサリヴィアの表情は暗い。

迎えに来てくれたウルドにも申し訳ないが、うまく取り繕う元気もなく、街へ向かう馬車の中、ほとんど無言で窓の外をぼんやりと眺めていることしかできずにいる。

「わたくしにも色々とありますの」

心配顔のウルドに対して表情をうまく作れない不器用な自分がほとほと嫌になる。

今日の外出が嫌なのではなく、ヘレアに言われた言葉が彼女の心に暗い影を落としていた。

（そう。私は恋を知らない）

相手を探すと意気込んではいたが、自分の性格を考えればヘレアが用意してくれる婚約者と結婚してしまった方が楽なことはずっと前からわかっていた。

だが、心の奥に『恋い焦がれる相手に自分の力で巡り合いたい』という切ない願いがくすぶっていて必死だった。

それが前世で心を踏みつぶされ、思うように生きられなかった未練からくるものだと気がついたのは、ウルドに出会い、前世の記憶をすべて思い出したからだ。

サリヴィアは横目でウルドを見る。

騎士装束ではなく、品のいい仕立ての身軽な服装。

対するサリヴィアも、ドレスではなく簡素なワンピース姿だ。

並んで歩けば貴族のお忍びデートにしか見えないだろう。

デート、と考えてサリヴィアは脈拍数と体温がぐんと上げるのを感じた。

「……」

ウルドに対する気持ちに、名前を付ける勇気をサリヴィアはまだ持てないでいた。

家族以外でこんなに密度の濃い付き合いをした相手はいないし、触れられるのだって本音を言えば嫌ではない。

だが、広げられた腕に素直に飛び込めるほど信じきれているわけではなかった。

未熟すぎる情緒では判断しきれず、悶々としている間に二人を乗せた馬車は目的の店に到着した。

上品な店構えだが、貴族向けの店というわけではないので従者連れで入店すれば悪目立ちするからと、馬車に従者たちを待たせ、二人きりで入店した。

いかにも貴族という雰囲気の二人に視線が集まるが、二人がまるで気にしていない様子なので、客たちはすぐ興味を失い店内は元の空気に戻る。

貴族も出入りする区画なので、そう珍しい光景でもないのだろう。

「いい店でしょう」

「そうですね」

外観と同様に上品で可愛らしい店内に、サリヴィアの沈んでいた心が少し浮上する。

メニューも想像以上に豊富で目移りしてしまう。

どれがいいかとサリヴィアが目を輝かせて悩んでいると、その姿を眺めていたウルドが小さく笑った。

「ようやく元気になりましたね」

「……申し訳ありません。せっかく誘っていただいたのに」

「いいえ。ご機嫌が直ったのなら何よりです」

優しい笑顔に、サリヴィアは胸が痛んだ。

普通の令嬢ならば、とっくにウルドに恋い焦がれて夢中になっているだろうに、素直になれない性格のせいで、彼が本気かどうかを信じきれない自分が情けない。

「おまたせしました」

「わぁ」

気落ちしていたサリヴィアだったが、出てきた最新のスイーツの可愛さや美味しさにすっかり籠絡され、店を出る頃にはすっかり機嫌が直っていた。

ウルドもその楽しそうな様子を愛おしげな視線で見つめている。

「とても素晴らしかったわ！　他の品も気になったけど、さすが食べすぎよね」

「また来ればいいではないですか。またお連れしますよ」

「本当に？」

「ええ」

サリヴィアに向けられるウルドの笑顔には偽りなど感じさせない優しさが滲んでいる。

「期待しないで待っていることにするわ」

そう口にしながら、どうして自分はこう可愛げないことばかり言ってしまうのだろう、とサリヴィアは再び自己嫌悪にさいなまれる。

せっかく優しくしてくれたのに、と。

ずっとこの心地いい関係のままでいられたら、というずるい考えがサリヴィアの頭をかすめた時、彼女の視界に嫌な光景が飛び込んできた。

「返せ！　返せよ！」

叫んでいるのは年端もいかない少年。

その少年を取り囲んでいるのは商人風の服装をしたガラの悪そうな男たち。

男たちは何かを少年から取り上げているようだった。

「俺たちに黙って商売をしていただろう。これは場所代だ」

「ここはみんなの道だろう！　お前たちになんの権利があるんだよ！」

「うるせぇ!!　黙って金を出せばいいんだよ!!」

いつの時代も弱者から搾取するゴミは存在しているのね、と状況を把握したサリヴィアは悩む間もなくも走りだし、少年と男たちの間に割って入る。

「あさましいことこの上ないですわね。いい年をして泥棒の真似事かしら？」

「なんだぁ？　お嬢ちゃん、俺たちはオシゴトをしているだけだぜ」

「まぁ！　子どもから金品を奪うのが仕事なのですか！　道端の泥水をすする畜生にも劣る生業ですこと！」

「なんだとこのアマ！」

激高した男の一人が、サリヴィアの腕を乱暴に掴んだ。

「っ……!!」

「よく見れば可愛い顔しているじゃねぇか。口のきき方ってものを教えてやるよ」

強い力で引き寄せられ足元がぐらつく。

引きずられてなるものかとふんばるが、小さな身体は容易に男たちの輪に連れ込まれそうになる。

「誰の許可を得て彼女に触れている」

周囲の空気まで凍てつきそうな氷点下の声音が聞こえたと同時に、サリヴィアの視界がぐるりと回転し身体が宙に浮いた。

数秒遅れて、彼女は自分がウルドに抱きかかえられていることに気がつく。

幼子のように片手で抱き上げられているのは不満だが、もう片方の腕が握っている剣の切っ先が男たちに向けられているのは愉快で、サリヴィアは瞳を輝かせた。

「ひぃぃ」

怯えた顔と情けない声音に溜飲が下がる。

普段は爽やかなウルドだが、騎士であることには間違いなく、男たちを見据える視線と気迫は空気を震わせるほどの迫力だ。

「今ならその腕一本で見逃してやろう」

「それでは見逃すことになりませんわ」

本当にやりかねないと、サリヴィアは抱かれたままの状態で剣を握ったウルドの腕に手を添える。

ウルドの剣をこんな輩の血で汚すのは本意ではないし、既に相手が降伏しきっているのに上の立場から更に痛めつけるのもサリヴィアの主義に反する。

「この方に殺されたくなければ少年から奪ったものを置いてしっぽを巻いてお逃げなさい」

「あ、ありがとうございますっ……？」

どちらが悪役かわからない状況だ。

逃げ出す男たちの後ろ姿が滑稽で、周囲から歓声が上げった。

「サリィ、危ないことはやめてください」

「申し訳ありません。あなたがいるのだから、なんとでもなると思ったので」

「……そうやって甘えたら許されるとでも？」

「事実を申し上げただけで甘えているわけではありません。ところでウルド様、いい加減降ろしてください」

「駄目です。これは罰なのでしばらくこのままでいてください。あなたは目を離したらとんでもないことをしでかしそうだ」

「失礼な」

どうあってもウルドはサリヴィアを下ろす気はないらしい。

仕方なく抱かれたままの状態でサリヴィアは呆然としている少年に声をかける。

「怪我はないかしら？」

「う、うん。ありがとう、ござい、ます？」

サリヴィアとウルドの顔を見比べながら、少年がぎこちないお辞儀をする。

「あのゴミ共はちゃんとあなたの物を置いていったかしら」

「ゴミ……」

「もし足りないようならわたくしが……」

「だ、大丈夫です！」

少年が食い気味で言葉をかぶせてきた。

すごく怯えられている気がするると、不本意なサリヴィアは唇を尖らせたのだった。

その後、ウルドが憲兵にことの次第を連絡し見回りの強化を依頼した。

スマートで手際のよい対応に感心したいところだが、サリヴィアがその手際を素直に褒めることはなかった。

　何故なら彼女はしっかりとウルドに抱き上げられたままだったからだ。

「ウルド様。この通り反省しておりますから、下ろしてください」

「絶対反省していませんね。このまま馬車に乗るまでおとなしくしていてください」

　暴れて顎のひとつでも蹴り上げれば逃げ出せそうな気もするけれど、とサリヴィアは一瞬考えるが、助けてくれた相手にすることではないとぐっとこらえる。

　抱きかかえられたまま馬車へ運ばれ椅子に座らされ、ようやく腕からは解放されたが、何故かウルドはサリヴィアの隣にぴったりと座った。

「ウルド様」

「褒めてください」

「は？」

「あなたを危機から救ったんだ。褒美のひとつも貰えないなんてあんまりです」

「……淑女を救うのは騎士の役目でしょう？」

「あんな無謀をやらかす方を淑女とは呼べないと思いますが。それとも、ご実家に今日のことを詳しくご報告した方がよいですか」

「ありがとうございますウルド様。さすがでしたわ。とても素敵でした」

　実家にあることないことを報告されて、またヘレアに説教されるのだけは避けたいと、サリヴィアは素直に謝罪をする。

「……いささか心が籠もってないように思いますが、まぁ、いいでしょう」

サリヴィアのまくしたてるような謝罪を聞いたウルドは、では、と口元に笑みを浮かべ、サリヴィアに顔を近づけた。

「では、褒美をいただきますね」

「へ？」

今、感謝したじゃないかと文句を言いかけたサリヴィアの唇をウルドの唇が塞いた。

優しく触れるだけのキスで、離れる時にわざとらしく音を立てられた。

「なっ」

「可愛いサリィ。頼むから、無茶はしないでくれ。息が止まるかと思った」

急に真剣な表情で見つめられてサリヴィアは言葉に詰まる。

無茶をしたのは事実なので、心配をかけてしまったことが急に心苦しく、言い返す気力を奪った。

「……申し訳ありません」

「二度としないと約束してくれ」

「…………」

「そこは素直に返事をするべきところだろう」

「わたくし、嘘はつけない性格ですの」

「まったく」

深いため息を吐いたウルドが、なにか悪戯を思いついたように微笑む。

「じゃあ、今度はお仕置きが必要だ」

「えっ」

身構える暇もなく、腰に回された腕がサリヴィアの身体を抱え上げ、ウルドの膝の上に運んでしまう。

「サリィ」

耳に直接触れた唇に名前を呼ばれ、怯えた小動物のようにサリヴィアは首をすくめた。舌先が耳朶を舐り、耳朶全体を口に含まれ吸い上げられる。

もう片方の耳も指先で形を確かめるように撫でられ、耳孔の入口あたりを爪で軽く引っ掻かれると、サリヴィアは身体の奥が甘く痺れる感覚に襲われ、情けない声を上げる。

「やだぁ、それいやっ」

「もうしないって約束する？」

「ずるいぃぃ」

この方法でウルドの思う通りになるのは名前の件だけで十分だ。癖になってはたまらない、と意地になって唇を噛み締め、甘い責め苦をこらえるサリヴィア。

ウルドが笑ったのが耳ごしに伝わってくるのが悔しいが、抵抗する術はなく、せめて声をこらえるために小さな唇を必死に噛み締めていた。

結局、そのまま耳や首筋をさんざん弄られ尽くし、息も絶え絶えになったサリヴィアは

「危ないことはしないね？」というウルドの言葉に頷かされることになる。

そして噛み締めすぎたせいで赤くなった唇を癒やすように何度もキスされた。

「ウルド様のばか」

瞳を潤ませウルドを睨みつけるサリヴィアにいつもの迫力はない。

吸われすぎたせいで痛みだけではなく甘く痺れたような感覚が消えない両耳を、拭うように己の指で必死に撫でる。

その姿を愛おしそうに見つめているウルドは満足げだ。

「……以前から思っていましたが、ウルド様って耳フェチですの？」

「ふぇち？」

「ええっと……耳が好きなのですか？」

そんなことを質問されたのは、初めてだったのだろう。ウルドは目を見開いて、サリヴィアの耳をじっと見つめ何かを考えている。

「なるほど、言われてみればそうかもしれない」

腕を伸ばし、指で産毛を撫でるかのようにそっとサリヴィアの耳朶に触れる。

「サリィの耳は小さくていい形をしているね」

「やっ」

「感度も良好だ」

「もう!!」

　これ以上は許さないとサリヴィアが耳を掌で覆い隠せば、残念そうに眉を寄せたウルドはようやく手を離す。

「サリィ、君は変なところで不用心だから心配だ。俺がいない間、危ないことだけじゃなく、浮気しないでくれよ」

「浮気も何もわたくしとウルド様はそういう間柄ではないでしょう！」

「頑固だなぁ」

「なんとでも言ってください」

　ふん、と背を向ければウルドの長い指先が頬を撫でてくる。

「ここまでしても素直になってくれないなんて、そろそろ俺は悲しいよ」

　本気で悲しそうな声音で囁くものだから、サリヴィアはこみ上げる罪悪感に負けて、彼へ視線を戻してしまう。

「ほら、うかつすぎる」

　目の前にはいつの間にかウルドの顔。

　逃げる暇も悪態を吐く暇も与えられず、二人は唇をくっつけるだけのキスをした。

「サリィ、早く俺のものになって」

「うぐう……」

　懇願の言葉に胸を打たれつつも、サリヴィアはまだ素直になる勇気を持てないでいた。

第三章　過去の傷

ウルドが王都を出立して、早二週間。

暇を持て余すのではないかと思っていたサリヴィアだったが、ウルドにかまけて後回しになっていた淑女教育や、ご令嬢との交流などと案外日々忙しく過ごしていた。

鬱陶しいのは、ウルドとの噂を聞きつけた縁もゆかりもないご令嬢たちが親しげに近づいてきたり妬みや嫌味を隠さず突っかかってくることだ。

まともに相手をするのは面倒臭いので、サリヴィアは向けられた敵意の五倍ほどの反撃で勘弁してあげている。

この機会に婚約者探しに精を出せばいいのだろうけれど、あんなに必死だった日々が嘘のようにサリヴィアはその気になれなかった。

「たいくつね」

気分転換にと、サリヴィアはとあるお茶会に来ていた。

レアントの妻レイチェル、つまりはサリヴィアの義姉の実家は、各領地の特産品を他国の商会に卸す交易を主な稼業にしているため、顔が広い。

新しい出会いがあるかもしれないとのありがたいお誘いに素直に顔を出してみたが、招待客のほとんどは年齢層の高い仕事熱心な人ばかりで、結婚相手探しをするにはふさわしくない雰囲気。

少しでも場を華やかにするための添え物代わりに呼ばれたのだと気がついたが怒る気にもなれず、最低限の挨拶をこなしながら壁の花に徹していた。

「ほう。こんな場所にも花が咲くのか」

不意に頭上から声がしてサリヴィアが顔を上げれば、長身の男性が彼女を見下ろしていた。

ウルドも背が高いが、それよりも頭ひとつ分高いだろう。

身体も厚みがあり、よく鍛えられているのがわかる。

見下ろされることには慣れているが、あまりに差がありすぎるので顔を見るために上げた首が痛いとサリヴィアはその人物を睨みあげた。

灰色の髪をしたその男性は、整ってはいるが野性味のある顔立ちをしていた。

落ちついた蒼い眼差しに何故か懐かしさを感じ、サリヴィアは胸騒ぎを覚える。

「花を見下ろして喜ぶなど、よい趣味をしておられますね」

「この花はずいぶんと口が立つな」

カカッ、と癖のある笑い方は貴族と呼ぶには異質な雰囲気で目が離せない。

少し古いデザインではあるが仕立てのよさそうな服を着ている。

商人という雰囲気ではなく、貴族だとしてもこれだけ目立つ見た目ならば、一度目にしたら忘れないはず。

しかしどれだけ考えても、記憶の中にこの男性のような存在はいない。

懐かしさを感じたのは気のせいだ、と結論付けて、サリヴィアは貴族令嬢らしく振る舞うことに決めた。

「わたくしはサリヴィア・ミチルと申します」

地位の上下がわからない以上、挨拶の後先など考えていては埒があかない。

この場は貴族以外も多いので、たとえ相手が目上であっても先に挨拶しても失礼にはあたらないだろうし、既に失礼なことを言われたあとだと考えて、サリヴィアは首を垂れる。

「俺はギリム・サヴァル。辺境伯サヴァルと言えばわかるか。そこの嫡男だ」

ギリム、という名前にサリヴィアの記憶が再び蘇る。

(こいつも攻略キャラクターだ！)

田舎貴族ギリム。

普段は王都にいないが、ある一定期間だけ遭遇できる一種の隠しキャラ。

大柄な体軀と灰色の髪に蒼い瞳をした男性で、豪快でおおざっぱだが聡明で情に厚い性格、雪山の狼を思わせる野性味溢れる存在感。

攻略に必要なパラメーターは多くないが、出会える機会が少ないので少し面倒だと攻略サイトに書いてあったことまでしっかりとサリヴィアは思い出した。

男臭いタイプは趣味ではないと攻略はしなかったが、人気が高かったので設定だけは覚えていたのだ。

辺境で国境を守ることを生きがいにしているギリムは早く身を固めろと急き立てる周囲に嫌気がさしていたが、用事があって訪れた王都で出会ったヒロインに魅かれ、半ば誘拐のようにして領地に連れ帰ると「俺の子を産め」とグイグイ迫ってくる、らしい。

出会って好感度を上げるタイミングが少ない分、フラグが立ってしまえばあっという間にお近づきになれてしまうキャラ。

しかも聞き捨てならないのはその家名。

「サヴァル様……！」

「ミチルということは、お前が噂のご令嬢か」

ヘレアがサリヴィアに告げた婚約者候補に間違いない。

サリヴィアの動揺を知ってか知らずか、ギリムはじろじろと値踏みするようにサリヴィアの全身を見ている。

その視線に、サリヴィアは自分がこの場に呼ばれたのは彼がいるからだと気づいた。

あらかじめ知らされもせず見合いもどきをさせられていることに怒りを感じるが、ヘレアが後ろに控えていると思うと無下にはできず、サリヴィアは作った笑顔でその視線を受け流す。

「思ったよりも小さいな。そんな細腰で子が産めるのか」

「少なくともサヴァル様の子を産む予定はございませんのでお気になさらず」

「ほう？」

「辺境にお住まいと自己紹介されるだけあってマナーには疎いようですわね。初対面の淑女に対する言葉遣いを学ばれてから婚約者探しをされることをお勧めいたしますわ」

サリヴィアは最後まで言い切って満足したが、すぐにヘレアの怒りに満ちた表情を思い浮かべてしまい「やってしまった」と血の気を引かせる。

ギリムはまさか小さな少女に言い返されるとは思っていなかったのか、蒼い瞳を丸くしてサリヴィアを見下ろしていた。

「口の減らないご令嬢とは聞いていたが、想像以上だ」

「お、お褒めいただき光栄ですわ」

「ふむ……俺に縁付かせたいと考えるわけだ。並の男ではお前は御せまい」

「あら、ご自分は並以上だと？　大きいのは図体だけで視野は狭いようですわね」

「……俺以上の男がいるとでも？」

「それを判断するほどあなたを存じ上げておりませんし、知りたいとも思いませんから」

普通の男ならばこのあたりで顔を赤くして怒るか逃げていくものだが、ギリムは楽しそうに笑うだけで、まるでサリヴィアとの会話を面白がっているようにも思える。

ここまでのやり取りをして自分から逃げ出さなかったのは、ウルドに次いで二人目で、さすが攻略キャラクターだわとサリヴィアは妙に感動していた。

ウルドだけならば偶然の一致で済ませられるが、ギリムの登場でやはりこの世界はあの乙女ゲームに準じていると考えるべきなのだろう。

こんなことなら真面目に全員攻略して細かい設定まで回収しておくべきだったとサリヴィアは悔やんだ。

だが、どんなに悔やんでも前世に戻れるわけでもなし、とりあえずはわずかな記憶を頼りに最善を尽くすのみとすぐに思考を切り替える。

「こんな面白いご令嬢に巡り合えるとは。わざわざ王都まできた甲斐があった」

顎を撫でながら楽しげにサリヴィアを見つめる視線には、なんとなくだがウルドと同じ熱っぽさが混じっている気がして、やばい、と彼女は本能で危険を感じた。

(こいつも毛色が違う女を面白がるタイプね)

だが「いや違う」と自分の考えを否定する。攻略キャラクターたちは「自分の周りにはいないタイプだ」とヒロインに興味を示すのだ。

(なんてこと)

つまりサリヴィアは、自分でフラグを立てていたことになる。

今更ながらにゲームの設定を思い出し、己のうかつさに唇を噛む。

ヒロインの設定は『名ばかり貴族で庶民同然に育ったせいか貴族同士の交流に疎いとこ

ろがあり、天然なので誰に対しても地位や外見にとらわれず向かっていく』だった。

それがあのゲームの攻略キャラクターたちには魅力に映るのだ。

サリヴィアは、天然ヒロインとは別の意味で通常の貴族令嬢らしくない。

(こんなことなら猫をかぶりまくって令嬢らしく振る舞っておけばよかった)

そうしておけば、ギリムは平凡な令嬢であるサリヴィアには興味を示さず、婚約の話は立ち消えたかもしれない。

今ならまだ間に合うかと取り繕って優しく微笑むが、時すでに遅し。

ギリムはサリヴィアに近づくと、結い上げていた髪を撫で太くて硬い指先で耳朶を摘まんできた。

「なっ……!」

「いい耳の形をしているな」

サリヴィアは反射的にその腕を払いのけて睨みつける。

出会って間もない、しかも内々で婚約の話が出ているだけの未婚女性に許可を得ずに触ってくるとは、失礼極まりない行動だ。

(しかも耳って! お前も耳フェチか!)

射殺せんばかりの勢いで睨みつけるサリヴィアに、ギリムは目を剝いてのけぞるが、それすらも楽しそうだ。

幸運なことに周囲は各々の仕事に夢中で二人のやり取りには気がついていない。

　これが若い貴族が集う夜会であったならば、明日の朝には噂の的になっていたところだろう。

「サリヴィア、だったか。俺はお前が大変気に入ったぞ」

「わたくしはあなたがとても嫌いになりました」

「そう言うな。長い付き合いになるかもしれない仲だ。お互いをよく知ろうではないか」

「ご冗談を。祖母が何を申したか存じませんが、わたくしは自分の相手は自分で探す予定です」

「ますます気に入った」

　カカッと豪快に笑うギリムはウルド同様、サリヴィアの話を聞く気がないらしい。

「と、とにかく、まだ私たちの間にはなんのご縁もない状態です。誤解されるような発言はお控えください」

「確かにそうだな。お前が欲しいならきちんと筋を通せということか」

「わたくしは物ではありませんので、欲しがられても困ります」

「ふむ。物であれば奪えばすむ話だが、心がある以上はこちらも礼を尽くさねばならんか」

　話が悪い方向に突き進んでいるのが嫌でもわかって、サリヴィアは頭を抱えたくなった。

　迫ってくる男はウルドだけで手一杯だというのに。

「……申し訳ありませんが、わたくしには心に決めた相手がおりますので、サヴァル様のお気持ちには答えられないかと」

今は架空の相手だけれど、十七歳になるまでに必ず出会えるから嘘ではないと、サリヴィアはすました顔で応える。

口にしながら浮かんだのはウルドの顔だが、それは気のせいだとサリヴィアは自分に言い聞かせる。

「婚約相手を探している最中と聞いていたが？」

「少々、情報が古かったようですわね」

「ふむ。ならば仕方ないか。馬に蹴られるのは趣味ではないのでな」

あっけないほどに理解が早いので、助かったと思う以上に気味が悪く、サリヴィアはギリムにじとっと疑惑の視線を向けた。

ギリムは意地の悪そうな笑みを浮かべる。

「十七歳までにその相手との婚約が決まらなければさらいに来るとしよう」

「……！」

サリヴィアは、事情をすべて把握されていることに気がついて鳥肌をたてた。

言い返すべき言葉を思いつけずに固まっている彼女に、ギリムは追い打ちをかけるように笑った。

「それでは、またの逢瀬を楽しみにしているぞ、リトル・フラワー」

リトル・フラワー、小さなお花さん。

サリヴィアにとっては侮蔑にも等しい呼び名に、殴ってやろうかと腕を振りかぶるが、ギリムは素早く数人の商人たちの輪に入り込んでしまっている。

殴り込みをかけるにはあまりに不利な状況に、やり場のない怒りでサリヴィアは拳を握りしめた。

（アイツ嫌い！）

何があってもギリムだけには攻略されてなるものかと、サリヴィアは気を引き締めた。

＊＊＊

ギリムに勝手に引き合わされたことに対してサリヴィアは文句を伝えたが、「早くに知り合っておけば話が早いでしょう」と反論する余地もないヘレアの言葉に、あえなく返り討ちにあってしまう。

あちらの反応は悪くなかったわよ、と言われても嬉しくもなんともないとサリヴィアはクッションに八つ当たりすることになった。

外に出るとギリムに出くわしてしまいそうで、それからしばらくは引きこもって過ごすことに決めたサリヴィアは新たに思い出した情報を整理することにした。

ゲームの攻略キャラにそっくりなウルドに出会ったのは偶然かもしれないと言い聞かせていたものの、二人目の登場でそうは思えなくなっていた。

ギリムと出会ってしまったことで、まだはっきりしない部分もあるがゲームの詳細を思い出せた。

　あのゲームは共通ルートがあるわけではなく、キャラクターごとにそれぞれ物語が用意されていたということ。

　ヒロインは没落寸前の貧乏貴族の生まれ。とっくに屋敷は手放しており城下町の小さな屋敷で庶民同然に育っている。

　お金がないので社交デビューもできず貴族の作法はまったく教わっておらず、行儀見習いを兼ねて城でメイドとして働くことに。

　できればいい相手と結婚したいが、家計を助けるのが第一というのが設定だ。

　そこまでは思い出せたが、最初に設定されていたヒロインの名前は何故か出てこない。

　とにかく、そのヒロインが城で働き出すところがゲームのスタート。

　城の中での仕事や勉強、城下町でのミニイベントをクリアしながらパラメーターを上げ小銭を稼いで着飾って、目当てのキャラクター好みにヒロインを育てていく。

　そのミニイベントが案外楽しくて、初回プレイは自分磨きに気合いを入れすぎ、誰にも告白されないノーマルエンドにたどり着いた。

　学んだことを活かして庶民向けの学校を作り、孤児から先生と慕われるという平和なエンディング。

　攻略キャラクターは全部で八人ほどだったと思うが、その部分の記憶はまだ曖昧だ。

　思い出したのは王子と優しい魔法使いに腹黒騎士、そして田舎貴族。

他にも暗殺者や女好きのチャラい貴族がいたような気がするが、サリヴィアは顔すら思い出せずにいた。

既に出会っているのは、腹黒騎士のウルドと田舎貴族ギリムの二人。

王子に関しては一度だけ遠目で見たことがあるが、過去の記憶は蘇らなかった。直接喋ったわけではないからだろうか。

そもそも王子には既に相思相愛の婚約者がいて間もなく結婚する予定だ。

今更サリヴィアやヒロインが遭遇したところで何も起きないだろう。

魔法使いは城の中にある魔石を研究する機関にいるので、そこに足を踏み入れない限り大丈夫だとは思うが、気を付けておくに越したことはないだろう。

相手とのフラグが立つ条件もいわゆる「お前みたいな女初めてだ」なので、もし遭遇することがあっても平凡な令嬢らしく振る舞えばいい。

サリヴィアにそれができれば、の話だけれども。

そもそもあのゲームでは同時攻略は不可だ。

狙った相手との遭遇率を上げ、必要なパラメーターを強化していると個別ルートに入る。

用意されているエンディングは告白されての結婚か、「俺には君はもったいない」と告白しても振られる二パターン。

稀にバッドエンドで死んだり大怪我をすることもあるが、結婚式のキスが最大のいちゃつき具合の全年齢向け。

おかしい、何もかもがゲームとは違うとサリヴィアは頭を抱える。

ここは現実なので無理かもしれないが、全年齢設定だけは貫き通してほしかった、と。

一番の懸念事項はヒロインの存在だ。

攻略キャラクターがいる以上、ヒロインに該当するキャラも存在すると思って間違いないだろう。

素直で少し天然な可愛らしい女の子。

シナリオ通りならば社交デビューせずに城でメイドをやっている可能性が高いが、確かめる術はない。

もし彼女が今ウルドの前に現れたら？　そう考えた瞬間、サリヴィアは全身の血が凍りつきそうなほどに恐くなった。

彼女がウルドルートを選択し、ウルドの理想通りの女の子になっていたら、自分に勝ち目はあるのだろうか、と。

「か、勝ち目ってなによ！」

浮かんでしまった悪い考えを消し去るように、サリヴィアは頭を大きく振る。

そもそもが相手の好みに自分を磨いて告白させる設定なので、少なくともウルドルートではライバルキャラはいなかったように思う。

（じゃあ、私はいったい誰なの？　モブ？　モブなの？）

いまだに「サリヴィア」という名前のキャラがゲームにいたかを思い出せないでいた。

名前のないモブの可能性も否定できないが、どうにも不自然だ。

　自分の姿を鏡で見つめ、深いため息をついた。

「ウルド様」

　目に浮かぶのは優しい笑顔だ。意地悪なことを考えている時は少しだけ口の端が上げり、怒っている時は反対に少しだけ口角が下がる。

　そんな些細な癖さえ覚えてしまった。

　さんざん翻弄されたのに、全然嫌いになれない。むしろ、どんどんその存在が心の中を閉めていく。

　だいたい、ウルドのどこか腹黒騎士なのだろう。

　サリヴィアが知っているウルドは、裏表があって少しSっ気のある普通の青年だ。

　たぶん。

「会いたいなぁ」

　ぽつりと口から勝手に零れた言葉に、サリヴィアは慌てて口元を押さえる。

　幸いなことに自室には自分一人で誰にも聞かれはしなかった。

　ほんのりと火照った頬を掌で冷やすように包み込み、サリヴィアは俯いた。

　こんなに誰かに振り回されて気持ちを乱されるなんて初めてだ。

　前世とは比べものにならないほどに恵まれた環境と容姿。

　強気すぎる性格と口の悪さを差し引いても、きっととてもよい境遇だろう。

地味で臆病で恋や愛とは一線を引いていた過去とは違い、怖がる必要なんてないのに。傍にいたい。でも怖い。何が怖い？　触れられるのが？　それとも？

ぐるぐると回る思考はどこにも着地できず、サリヴィアは小さな呻(うめ)き声を上げた。

＊＊＊

ウルドが明日には王都に戻ってくるという知らせを聞いた翌日、サリヴィアはレアントと共に城門をくぐっていた。

「べ、別にウルド様に会いたいとかではないですからね」

「はいはい」

仕事に向かうレアントについて登城したのは、城の図書室に読みたい本があるからだ。決して、もしかしたら会えるかもしれないと期待してのことではないと、サリヴィアは何度も言い訳を口にしていた。

ウルドが所属する騎士団は城の中に拠点があり、役付きであるウルドは普段そこに詰めているというのは、本人がわざわざサリヴィアに教えたことなので調べたわけではない。

ぴったりとレアントにくっつき、周りを確認しながら目立たないように静かに歩く。

引きこもっていたため、あれ以来ギリムに遭遇していないが、領地に戻ったという話は聞かないので警戒するに越したことはないだろうという考えからだ。

それに他の攻略対象や、ヒロインと遭遇してしまう可能性だってある。

油断はできないとサリヴィアは表情を引き締めた。

「では私は仕事をしてくる。用事を済ませたら顔を出すんだよ」

「わかりました」

「決して騒ぎを起こさないように」

「まあ、まるでわたくしが問題児のような言い方ですわね」

「自覚があるようで何よりだ。では、またあとで」

レアントを見送り、サリヴィアは城の図書室に足早に向かう。

王都の図書館で誰もが読める本で得られる情報には限りがあり、サリヴィアが知りたいような貴族の名前やその領地、歴史についての詳しい記述があるような貴重な本は、数が少なく、閲覧にも許可が必要だった。

そこでサリヴィアはどうしても調べたいことがあるのだとレアントに泣きつき、城の図書室に入室する許可を得た。

ここがあのゲームの世界だと言うのならば、他にも必ず攻略キャラクターがいるはず。調べていれば何か思い出すかもしれない。

誰にも遭遇することなく無事にたどり着いた図書室は無人で、埃っぽい冷たい空気で満ちている。

目的の本は図書室の一番奥にあった。

サリヴィアが両手でようやく抱えられる大判の本は革張りで重い。

唸りながらなんとか閲覧用の机に広げられた。

国の成り立ちにまつわる歴史や、各領地を治める貴族について事細かに記されている貴重な本だ。

エアル王国は立地に恵まれていることもあり、長い歴史の割には国内の争いが少ない。

国の主要財源である魔石を魔法使いたちが日々研究し、それを生活に役立てていることで、周辺諸国に比べ生活水準はかなり高い。

この世界での魔力は個人に宿るものではなく、古の大地に眠る魔石から供給されるものだ。前世でいえば石油のようなものだろうか。その魔石を研究する人たちを魔法使いと呼ぶ。

山脈を挟んだ隣国、テロス帝国とは魔石の採掘に絡んで長く敵対関係にある。テロスでは魔石がほとんど採れないために、この国よりかなり生活水準は低いらしい。現帝の圧政に国民は苦しんでいると書いてあるが、その記述はサリヴィアの記憶を呼び覚ますことはなかった。

続いて、ざっと貴族一覧の名前を見てみるが、やはり名前だけではゲームの攻略キャラかどうかはピンとこなかった。

(顔を合わせない限りは大丈夫なのかしら)

最後に、サヴァル家が治める辺境の領地についての記述を探す。

「なるほど、常冬の領地というのは本当なのね」

前世の地図ほど精密ではないが、大まかな位置関係がわかる図が書いてあり、サヴァル領がエアル帝国との国境にある重要な地域であることがわかる。

国から軍事予算はつぎ込まれているが、山が多いため土地としては決して豊かではなく、皆が支えあって慎ましく生活している領地。そのため、サヴァル領出身の兵士は我慢強く有能な者が多い。

サヴァル家は社交シーズンだけ領地から出てきて他の領主や王都の貴族と交流しているそうだが、サリヴィアが聞き集めた話では現当主であるギリムの父が高齢なので、今年から次期領主であるギリムが顔を出したということらしい。

「……ということは、あのゲームは今どこかで進行している？」

ギリムルートは、慣れない王都で道に迷ったギリムをヒロインが道案内することからはじまる。

ヒロインが存在するとしたら、既にギリムと知り合っている可能性がある。

もしそうならばぜひヒロインと結ばれてほしいものだとサリヴィアは思う。

「下手に関わるとウルド様の二の舞になる気がする」

「私がどうかしましたか？」

「きゃっ!!」

背後から声をかけられ飛び上がりそうになったサリヴィアが振り向けば、ウルドが爽やかな笑みを浮かべて立っていた。

「ウルド様……」

久しぶりすぎてうまく言葉が出てこず、サリヴィアはウルドを見上げる。どこも怪我をしていない姿に、無事に帰ってきてくれたのだと安堵（あんど）が胸に満ちる。

「明日にでも挨拶に行こうと思っていました。無事に帰ってきましたよ、サリィ」

「……無事のご帰還に安心いたしました。こんなところで会うなんて偶然ですわね」

「ええ、偶然ですね。先ほど兄君に教えてもらわなければ、すれ違うところでした」

（お兄様ったら！）

余計なことをと腹を立てながらも、サリヴィアはほんの少しだけレアントに感謝する。

「え……」

「会いたかった」

瞬きする間に、サリヴィアの身体がウルドの腕の中に囲われてしまう。

包み込んでくる体温と匂いが懐かしくて心地よく思えて、サリヴィアは抵抗も忘れてじっと腕の中におとなしく収まっている。

ウルドは深く長いため息を吐いた。

「たまらないな」

唸（うな）るような声音に、サリヴィアは緩んでいた意識が引き締める。

「サリィ」

「んっ……！」

低い声が耳に直接吹き込まれた。

次いで、ウルドの頬がサリヴィアの耳の形を確かめるように押し当てられ、まるで撫でるように動く。

触れあう皮膚の熱さに、首筋がぞくぞくと震えて力が抜けそうになり、サリヴィアはウルドの服をぎゅっと握りしめしがみつく。

「かわいい」

「っ！」

ウルドの呟きに身体が熱が帯びる。

「もうっ！　おやめください！」

恥ずかしさで我に返ったサリヴィアは、しがみついていた服から手を離し、腕をはってその身体を押し返した。

ウルドは、笑いながらあっけなくサリヴィアの身体を解放する。

「久しぶりだったから、つい」

謝る気などさらさらないらしいウルドの笑顔が今は懐かしくさえ思え、サリヴィアは文句を言う気力を削がれてしまった。

頬で撫でるなんてどこまで耳が好きなのかと呆れながら、耳を押さえて顔の火照りを誤魔化すように頭を振る。

「どうしてこう、わたくしの周りの男は耳フェチが多いのかしら」

「……男、とは？」

「サヴァル辺境伯のご子息、ギリム様よ。わたくしをリトル・フラワーなどと言って馬鹿にして！」

「耳を、触らせたのですか」

「差し出したとでも!!　勝手に触って……」

思い出すだけで腹立たしいと八つ当たりするために口を開きかけるが、サリヴィアは目の前のウルドが笑っていないことに気がついて口を閉じる。

「ウルド、様？」

ウルドの表情は先ほどまでとは一変し、冷気が漂ってきそうなほどの無表情で、何事かを思案していた。

（これは怒っている。何に怒っているのか見当がつかないけど）

久しぶりだから距離感を誤って地雷を踏んだのかもしれない、とサリヴィアは後ずさるが、大股で近寄ってきたウルドによって壁際に追い詰められてしまった。

大理石のひんやりとした感触がサリヴィアの背中の熱を奪う。

「浮気は駄目だといっておいたはず」

「浮気って……浮気なんてしてないし、だいたいわたくしたちはそういった間柄では!!」

「本気で言っているのか」

怒気に染まった声音に息を呑むサリヴィアを睨みつける瞳はぎらついていて、爽やかさの欠片もない。仮面が完全に剝がれている。

恐怖と嫌な予感でサリヴィアは身体がこわばり、逃げ出したいと思っても、足がすくんで動けない。

ピリピリとした空気に息を呑んで、サリヴィアは目の前のウルドを見上げることしかできないでいた。

「ほんの少し離れただけで悪い虫が付くとは」

「悪い虫って……」

「長期戦を覚悟していたが、考えが甘かったようだ」

「ウルド様！」

「口で言ってもわからないなら、身体でしっかり覚えてもらおう」

「やっ……⁉」

ウルドの身体が覆いかぶさるようにサリヴィアに密着し、華奢（きゃしゃ）な身体が壁との間で潰れてしまいそうだ。

「こんなところで、おやめになって！」

「こんなところでなければいいと？　積極的だな」

「ちがっ‼」

違うと叫びかけたサリヴィアの唇をウルドの唇が塞いだ。

粘膜を吸い上げられ、身体から力が抜ける。たくましい腕が腰を抱き、つま先が宙に浮く。

持ち上げられたことに驚いたサリヴィアは、必死にウルドの肩を叩くが無視される。非難の言葉も叫び声もキスで封じられて、連れ込まれたのは小さな部屋。

机と椅子が一組あるだけなので、個人で読書を楽しむための場所なのだろう。

その小ぶりな机の上にサリヴィアの身体を置くようにして座らせると、ウルドはようやく唇を解放した。

「っ！　何をなさるのです⁉」

「言ったろう？　身体に覚えてもらう」

「だから、何を」

「サリィに触れていいのは俺だけだということ」

「なっ」

「今日は泣いても逃がしてやらない」

サリヴィアはテーブルの上に標本の蝶のように押し倒された。

「やっ」

手袋をしたままの手が、サリヴィアの頬に添えられる。

布地が肌をかすめるさらさらとした質感に、手袋をしたまま身体を撫でまわされた前世の記憶が重なり、湧きあがった嫌悪感にサリヴィアは身を固くした。

「ひっ……⁉」

怯えて息を詰まらせたサリヴィアに気がついたウルドが手を止めた。

「怖い？」

「て、手袋」

「ん？」

「その、手袋が……」

「ああ、そうだね。せっかくサリィに触れるのに手袋をしたままとは無粋だった」

邪魔だと言わんばかりに、ウルドは手袋の指先を犬歯で嚙んで引き抜く。

手袋の中から現れた形のいい手指が眩しくて、サリヴィアは息を呑んだ。

やり直すように優しい動きでサリヴィアの頰にその手が添えられる。肌に伝わるウルドの体温に、サリヴィアが安心したように目を細めれば、ウルドは困ったように眉根を寄せた。

「無防備すぎるんだ、君は」

奪うようなキスが落とされ、無遠慮な舌が入り込んでくる。

それは、これまでのキスとは違う甘く深く容赦のないものだった。

舌先で口の中を余すことなく舐められ吸われ、サリヴィアの呼吸に合わせる気など欠片もない一方的な責めに、サリヴィアは息苦しさで涙を滲ませる。

ドレスの胸元を大きな掌が撫でていることに気がつき、身を離そうともがくが、片方の腕で腰を抱かれているので逃げ出せない。

今日に限ってコルセットをつけてこなかったことを悔やむがどうにもならない。

薄いドレスごしの無防備な胸元を確かめるように何度も撫でられると、先端に熱が集まるのがわかる。

胸元の鉤ボタンを器用に片手で外していくウルドの指先は逢瀬に手慣れているとしか思えなかった。

「いやですっ、やめて」

キスの合間に必死で懇願するが、ウルドは動きを止める気配などない。

なんとか身体を離そうとサリヴィアは両手でウルドのたくましい身体を押すが、びくともしない。

あっという間にはだけられた胸元のささやかなふくらみを見つめる視線を感じ、サリヴィアは羞恥で頭が焦げそうだった。

経験豊富なウルドのことだ、色気も何もない子どもっぽい身体に呆れてしまったかもしれない、と。

「やだぁ……」

見ないで、とか細く情けない声を上げ、サリヴィアは両手で顔を覆って隠す。

「サリィ」

うわずった声でサリヴィアの名を呼んだウルドが喉を鳴らす音が響いた。

ああ、きっと萎えたのだと絶望めいた気分のサリヴィアが掌の隙間から様子をうかがえば、何故か露わになった胸元を注視して頬を紅潮させた顔が見えた。

「綺麗だ」

ウルドの温かな掌が柔らかくサリヴィアの片胸を包み込む。

ふくらみを確かめるように優しく撫で上げ、やわやわと揉みしだかれる。

指先で乳房の先端を囲む薄く色づいた皮膚を撫でられると、サリヴィアは腰の奥がつんと熱っぽくなったのを感じた。

「あぅ、あっ……やめてぇ」

他人に触れられたことなどない部分を執拗に責められて、力の入らない身体は彼にされるがままだ。

両手で胸を左右同時に揉まれ、乳首を摘ままれると、艶っぽい悲鳴がサリヴィアの口から勝手に零れた。

刺激を受けて敏感になった乳首を弄ぶような指の動きに合わせて、小さな身体がぴくぴくと痙攣する。

二本の指で摘まんで捏ねられたかと思ったら、親指の腹で押しつぶされて、硬さを楽しむように弾かれる。

湧きあがってくる快感で浮き上がるサリヴィアの腰を押さえつけるように、ウルドの身体がのしかかった。

サリヴィアは太股のあたりに硬くて熱いなにかが押しつけられていることに気がついて、恐怖で身がすくんだ。

「きもちいい？」

そんな戸惑いを吹き飛ばすように耳に吹き込まれた甘い囁に、いやいやと首を振る。

「素直じゃないならこうしてしまおう」

「あうんんっ⁉」

乳首にふぅっと息を吹きかけられると、背中が弓なりに反って身体が撥ねた。

まるで求めているように浮き上がった胸元にウルドが頬を埋め、乳房の感触を楽しむように鼻先で皮膚をまさぐる。

胸の谷間に何度も唇が落とされ、ささやかなふくらみを持ち上げるように揉みこまれる。

「え、あっうんっ」

さっきまで弄られていた乳首が放置されてしまい、物足りなさとじれったさを誤魔化すようにサリヴィアが視線を彷徨わせていれば、薄く笑ったウルドと瞳がかち合う。

「どうしたのサリィ？」

（絶対わかってやっているわ）

乳首は痛いほどに立ち上がって熱っぽいのに、決してそこには触れないように指が蠢く。

はだけられた上半身を隙間なく撫でられ舐められ、サリヴィアは羞恥で頭の芯が焦げそうだった。

ウルドの爪先が肌を撫で、くすぐるように身体のラインをなぞる。

乳房の周りをぐるりと囲うように舐めるのに、肝心な場所には決して触れない。

さっきまで抵抗を試みていた指先ひとつ自分の意思では動かせないほどに身体は籠絡されているのに、優しい刺激のせいでサリヴィアの思考だけは妙にはっきりしていた。

あと少し、もう少し強い刺激さえあれば、全部蕩けてしまえるのに、と。

「う、るど、さま」

「ずいぶんと可愛い声で呼んでくれるね。どうしたの？　言ってごらん」

言えたならどんなに楽だろう。

唇を噛み締めて、サリヴィアはウルドを恨みがましく睨みつける。

その視線を受け、ウルドは実に楽しそうに口元を緩めた。

「いじわるはこれくらいにしておこうか。サリィ、わかったろう？」

「ひっあっ、あああん」

放置されていた乳首に熱い吐息がかかり、そのままぱくりと咥えられてしまう。ぬるついた感触がさんざん焦らされて過敏になった薄い皮膚を蹂躙する。

お腹の奥がきゅうんと痺れ、目の奥が真っ白になるような衝撃に呼吸が乱れる。

硬くなった乳嘴を唇でしごくように弄ばれてから、強く吸われる。ざらついた舌の腹が尖った先端を弾くようにして舐めていくものだから、甘ったるい声が勝手に口から溢れだしていた。

唇に選ばれなかった乳首も、綺麗な指先で摘まみながら引っ張られ、痛いはずなのに何故か身体の奥が疼く。

「気持ちいい？　すごく可愛い声が出てる」

「やぁんっ、きもち、よくなんてっ」

「嘘。こんなに震えて……もっとってねだってるみたいだ」

なぶるような言葉と、過ぎた刺激にサリヴィアはいやいやと首を振った。

「ねぇ、サリィをこんなに気持ちよくしてあげられるのは俺だけだよ。二度と他の男に触れさせてはいけない」

「あっ、だめ、そこで喋らないでぇ」

「そんなはしたない声で鳴いているのに、本当に素直じゃない」

「んんっあっ、あっ」

「約束してくれないなら、このままこれをとってしまおうか」

「い、痛いっ」

吸われていた乳首をいきなり噛まれて、サリヴィアは痛みに悲鳴を上げた。

食い込む前歯の力は愛撫のそれではない。

ぎらぎらと獰猛な野獣めいたその様子に、サリヴィアは快楽で潤んでいた思考を恐怖に染めた。

「そうすれば、誰にも触ることはできなくなる」

「や、やだぁ」

「では、約束できるね」

サリヴィアは幼子のようにがくがくと何度も頷く。

するとウルドはすぐさま優しく微笑んで、赤く腫れた乳首を癒やすように指を這わせてくる。

先ほど一瞬見せた獰猛さはもう消えていて、いつも通りのウルドだ。

「いい子だ」

ようやく終わるとサリヴィアは身体の力を抜くが、押し倒された状態はまだ続いている。

「うるどさま?」

まだうまく動かない舌先で名前を呼んでも、覆いかぶさった身体は動かない。

指先で乳首を撫でたり、汗で張りついた前髪をゆっくりかき上げたりと、優しい愛撫を力の入らないサリヴィアの身体に繰り返している。

「サリィ、もう少しだけ」

「え?　……ま、まって、やだぁっ?」

胸を撫でていた掌が滑り下りて腰へと落ちる。

スカートの上から太股の位置を確かめると、そのまま一気に足首まで撫でおろされた。

ゆっくりとした動きで靴下にたどり着いた掌は、今度は来た道筋を逆に辿り、一気にスカートの中へ滑りこんでいく。

「……っ⁉」

下肢に触れているのは目の前のウルドだとわかっているが、見えないスカートの中で蠢く他人の熱に、サリヴィアは自分の体温が奪われていくのがわかる。

「やだ、やだ、こわい、やめてっ」

ぽろぽろと大粒の涙が勝手に溢れた。

細かく震えて逃げるように身をよじるサリヴィアに気づいたウルドは、急いでスカートの中から手を引き抜くと、怯える彼女をなだめるように優しく背中に手を当てた。

はだけられていた胸元を隠すように服をたぐり寄せ、身を固くしたその身体を壊れ物でも扱うかのように起き上がらせ抱きしめる。

「そんなに嫌だったのか？　すまない、俺が欲を出し過ぎた」

「ちがうの」

「サリィ？　どうしたんだ」

「ウルド、ウルド……」

情けなく震えた声に、ウルドが息を呑んだのが聞こえた。

大きな掌がなだめるように背中を撫でてくれる。

「サリィ、信じてもらえないかもしれないが俺は君を大切にしたい。だから教えて。君がいったい何を怖がっているのか」

懇願するような声に新しい涙が溢れる。たくましい腕の力にすがりながら、サリヴィアは早く泣き止みたくて瞼を閉じた。

ようやく泣き止むことができたサリヴィアの目元に、濡らされてひんやりとしたハンカチが当てられる。

先ほどまでの酷い行為が嘘のようなかいがいしさでウルドが介抱していた。

胸の鉤ボタンもしっかり留められ、寒くないようにとウルドの上着が掛けられている。

「サリィ、落ち着いた？」

「ええ」

何故かウルドの膝に座らされていることを追及したいと思ったが、優しく背中や肩を撫でられるのは嫌ではないと、サリヴィアはおとなしくその胸にもたれかかっていた。

「何故泣いたのか、聞いても？」

「ウルド様が悪戯したからでしょう」

「……あまり責めないでくれ。サリィが可愛すぎるのが悪い」

途中まであんなに喜んでいたじゃないかと囁かれれば、自分の痴態を思い出したのか、サリヴィアの顔が熱くなる。

「帰ります」

「っ、すまない。謝るから許してくれ」

狼狽えるウルドの様子が面白くて、サリヴィアはようやく笑った。

サリヴィアは、ウルドは自分が話しはじめるのを根気強く待ってくれていることを理解し、これ以上隠しておいてもなんの意味もないとゆっくりと口を開く。

まさか前世の記憶と言っても信じてもらえないだろうから幼い頃のことだとぼやかし、彼女はゆっくりと語った。

幼い『私』には信頼していた人がいたが、その思いは裏切られ「人形になれ」と強要されたこと。抵抗することもできず、服を脱がされ、手袋をした手で体中を触られたこと。大事になる前に逃げ出したが、恐怖の記憶はいまだ拭えていないこと。

途切れ途切れになりながらもなんとか語り終えたサリヴィアの顔は真っ青だった。

冷え切った身体を温めてほしくてウルドの胸板に顔を埋める。優しく頭を撫でてくれる掌が心地いい。苦い記憶を口にしたことで、胸のつかえが取れたような気がした。

だが、汚れた身体だと軽蔑されたかもしれないと、おそるおそるウルドの表情を確かめれば、その横顔に明確な殺意が宿っているのがわかった。

「……君を傷つけた奴を八つ裂きにしてやろう」

「その人はもうどこにもいないのでご安心ください」

そう。前世にすべておいてきた。本当はこの身体は何者にも汚されていない。

（まぁ、今はウルドにさんざん弄ばれているけれど）

「庇わなくてもいい。どんな手段を使っても見つけ出して殺してやる」

「ウルド、本当なの。その人はもういない。探すのも無理よ。恨んではいるけど、復讐したいだなんて考えていない」

自分の未熟さが招いた愚かな過去で、非はすべて相手にあるが、警戒心を持つべきだったと、今のサリヴィアはそれを冷静に受け入れることができている。

「過去のことです。あとはわたくしの心の持ちよう。お気遣いありがとうございます」

「……君がそういうならこれ以上の詮索はやめておこう」

納得したような口調ではあるが、瞳にはいまだ怒りの色が滲んでいるので、完全に理解してくれたわけではないらしい。

目元の赤みも落ち着いたので帰るために衣服を整えていると、ウルドが何事かを考え込んでいる。

「……しかし、下肢に触れられるのが嫌だと言うなら、サリィとの結婚生活はどうしたらいいんだ」

「まるでウルド様とわたくしが結婚するような言い方はやめてください」

「違うとでも？　君は夫になる男以外にあんなことを許すのか？」

先ほどまでの情事を揶揄されて、サリヴィアの頬が赤く染まる。

「っ……！　それはウルド様が！」

「いい加減に諦めて認めた方がいいよサリィ」

「……何をですか」

本当はとっくにわかっている。

誰にも言うつもりがなかった記憶を話せたのはウルドだからだ。

あんな風に触られて、嫌じゃないどころか、蕩けてしまったのもウルドだからだ。

「本当に素直じゃない」

困ったな、と笑うウルドはどこか楽しそうだ。

「では身体に思い知らせてやるとしよう」

悪戯を思いついたような、腹黒騎士の名にふさわしいとびきり胡散臭い笑顔を浮かべている。

「訓練が必要ってことさ」

「訓練？」

「大丈夫、最後まで責任を持って付き合ってあげよう」

腰に回された腕に引き寄せられ、サリヴィアは絡め取られるように抱きしめられた。

「何を……」

「触れられるのが気持ちいいことだと身体が覚えれば、きっと平気になる」

「なっ！　何を考えておいでなのですか！　婚約しているわけでもないのに、そんな、はしたない！」

「俺以外と婚約する予定でも？」

卑怯な言葉に、サリヴィアは口をあけたまま言葉を失ってしまう。

「それとも、ギリムとやらが気になっているのか？」

「まさか‼」

サリヴィアが食い気味に否定すれば、ウルドは意外そうに瞬いたあとにすぐに嬉しそうに微笑んだ。

「早く素直になれ。そうすれば存分に甘やかしてやる」

腰を抱く腕が不埒な気配を滲ませて背中を撫でてきて、サリヴィアは冷めたはずの熱が蘇りそうな感覚に襲われる。

「……ずるいですわ」

「ん？」

「わ、わたくしに素直になれと言うばかりで、ウルド様だって何も言ってはくれないじゃないですか」

可愛いだのとありきたりな言葉で褒めて、触れてきて。けれども決定的な言葉を口にしていないのはウルドも同じではないか。

自分だけが思い込んで舞い上がっているだけなのではないかという疑いが拭いきれず、押しつぶされそうだった。ここがゲームの世界なら、ヒロインがウルドを求めた時、シナリオの力に勝てるのかどうかもわからない。

そう拗ねたサリヴィアに、ウルドは信じられないものを見るような表情を浮かべていた。

「サリィ、それは駄目だ、可愛すぎる」

　抱きしめる力が痛いほどに強まる。

「可愛いサリィ。では俺がきちんと愛を囁けば君は素直になってくれる？」

「それは」

　素直になれずに可愛くない口を叩いて、良くない結果に陥りそうな予感しかしない。

　それを見越しているらしいウルドは優しく微笑む。

「君の心が定まるまで待つさ」

　大きな掌がサリヴィアの髪を優しく撫で、頬に添えられた。

　愛おしげに見つめてくる瞳に嘘はなく泣いてしまいそうになり、サリヴィアは添えられた掌に頬を擦りつけるようにして身を預ける。

「だから、その時がいつ来てもいいように訓練に励もうか」

　にっこりと爽やかな笑顔を浮かべたウルドが、ぺろりと唇を舐める。

「なっ……！」

「心は待ってても、身体は待てないかもしれないから時々はエサを貰わないと」

　さっきまでの真摯な態度はどこに消えたのか。

「君にたくさん触れてあげる。サリィを愛しているのが俺だと、この身体にしっかりと覚えさせてあげるからね」

　楽しそうにサリヴィアの身体を撫ではじめたウルドの手を、サリヴィアは思いきり抓り（つね）あげたのだった。

＊＊＊

王都の第二騎士団の隊長、金の騎士。

肩書きだけならば華やかなこともあり、苦労知らずに育ったと思われがちだが、俺の子ども時代は決して恵まれたものではなかった。

父は男爵だったが、母は庶民出の踊り子だ。金の髪と青い瞳のとても美しい母を父は溺愛していたという。

だが、母は俺を産んですぐに病で逝ってしまった。

母が死ぬと父はその悲しみからか俺を遠ざけた。

代わりに俺を育てたのは、父と政略結婚相手である義母だった。

生みの母に似て人目を引く外見をしていた俺を、義母は息子としてではなく自分の所有物のように取り扱った。成長してからは、それこそ愛玩人形として重宝されたものだ。

年頃になり人前に出るようになれば、見た目で判断する大人たちのあさましさを嫌でも思い知らされる経験ばかりが増えていった。

最初は憐れな子どもだと俺を見下していた者たちも、俺の見てくれに魅了され、俺が望まなくても俺の機嫌を取るようになっていき、欲しいと呟くだけでどんなものも目の前に差し出されるようになっていった。

だが、人間とは強欲なもので、自分から勝手に尽くしておいて、望んだ見返りがないと相手に災いを与えたいと考える生き物だということも思い知らされた。

そんな酷い経験からか、気がついた時にはかなりひねくれた性格が形成されていた。

他者との付き合いは上辺だけ。利用できるものは利用し尽くして、誰かの人形ではなく、自分が誰かを道具として扱う生き方を選んだ。

騎士としての道を選択したのは家を出て官舎に住めるからだ。

どんなに美しい女を抱き、地位や財産を得ても、心は虚空。

だが、上役の代理で呼ばれた夜会で俺は運命に出会った。

以前から付きまとってくる令嬢に遭遇してしまったのがことのはじまりだ。そのあまりに鬱陶しい態度に酷く苛立っていた。

普段なら適当な言葉で丸め込むのに、棘のある言葉で追い払おうとしたのは、その令嬢がどこか義母に似ていたせいかもしれない。

泣きはじめた令嬢から離れようとした俺の目の前に飛び込んできたのは、妖精のような小さな美しい少女。

気の強そうな榛色の瞳に見惚れている間に、その小さな掌に頬を打たれていた。

小動物のような愛くるしい容姿をした少女なのに、切れ味の鋭い言葉を使い、容赦なく相手を追い詰める。

そのアンバランスで刺激的な存在感に、俺は頬だけでなく心まで打ちのめされていた。

しかも彼女は「文句があるなら家にくればいい」という捨て台詞まで残していった。

サリヴィア・ミチル。なんとたったの十六歳の小娘だ。

最初は、頬を打たれたことに対する意趣返しのつもりで会いに行った。

再会した時には妙に驚いていたが、すぐさま勝ち気な表情を浮かべ、俺の外見に惑わされることなく全力で歯向かってきた。

その姿は新鮮で、会話のたびにくるくると変わる表情はずっと見ていたいと思えるほどに愛しかった。

どうにか近づきたくて、ずっと話していたくて、気がつけば屋敷に通い詰めていた。

皮肉っぽい言葉遣いや、俺を突き放そうとする態度を貫こうとする姿は、気高くすらあるのに、可愛らしい菓子に日を輝かせる姿はただ可憐な少女のそれで、俺の心を酷く動揺させた。

「お茶飲み友達くらいになら思ってくださっても結構よ」

子どもっぽい喋り方をする時は照れているのだと、短い逢瀬で学んだ。

恥ずかしさからほんのり頬を染め、唇を尖らせたままに視線を逸らす姿は、狂おしいほどに愛しく思えた。

その瞬間、俺は彼女に恋をしているのだと気がついた。これまで出会った誰とも違う。まっすぐで強くて可愛くて。俺を胡散臭そうに睨みつける視線がたまらない。

俺の心はサリヴィアでいっぱいだった。彼女が欲しい。心も身体も全部手に入れたい。

人生で初めて。自分から求めた相手。

これまでの女性経験はサリィの前では無意味だった。

振り向いてもらえないことに焦れて、心が手に入らないならば身体だけでもと急いでしまい、泣かせてしまった時は心臓が止まるかと思った。

それが暴走のせいだけではなく、彼女を故意に傷つけた存在がいるからだと知った時、俺は人生で初めての本気の憎しみを抱いた。


「んっ、くぅン……！」

子犬のような甲高く短い声を上げて、俺の膝の上で可愛らしく身を震わせるサリィの身体は溶けてしまいそうなほどに熱を帯びている。

膝に座らせて後ろから抱きすくめるように抱え込み、服の前だけをはだけさせ、露わになった両胸を優しく可愛がる。

掌に包まる可愛らしい乳房を弄ぶように揉んで、乳首を摘まんで先端を爪先で引っ掻く。

硬さを持ちはじめた乳首を指の腹で転がすように左右に擦れば、びくびくと全身が震えているのが伝わってくる。

小さくて形のよい耳朶や細い首筋を舌先で舐め、犬歯で甘噛みして味わえば、恥ずかしそうにサリィが頭を振った。

「唇を噛むと傷になるぞ」

顎を摑んで横を向かせ、噛み締めている唇を舐めて開かせる。

浅い呼吸を繰り返す熱っぽい口の中で小さくて赤い舌が震えているから、吸い出して優しく噛んでやる。

「やだぁ……ウルドさ、ま、だめぇ」

「サリィ？　二人の時はウルドと呼べと言っただろう」

「だって、あっ、やぁぁあん」

お仕置きだと強めに乳首を抓ると、眦に溜まっていた涙がぽろぽろ溢れた。

舌でその涙を舐めとって、また耳を味わう。口の中にすっぽりと入ってしまうサリィの耳は甘い。全身が桜色に染まって砂糖菓子のようだ。

「サリィ、俺を呼んで」

「んぁっあぁっやだぁ、それやっ」

耳孔に直接吹き込むように囁けば、サリィの甘ったるい声が更に艶っぽくなる。

腰を直撃するその声音にズボンの中の俺が痛いほどに硬くなる。

指先であちこちを撫でるたびに、もどかしそうに揺れるサリィの臀部が緩やかな刺激を与えてくれる。

「サリィ」

「ひぅ、ああんんんっ」

摘まんだ乳首を引っ張ってから離せば、小さな乳房が震えて揺れる。乳房の下を撫でまわし、ゆっくりと掌を下の方へ滑り降ろしていく。

へそに至る窪みを見つけ、指先でなぞりながら小さな穴を探すようにまさぐると、細い腰がいやいやをするように揺れて逃げようとした。

それを無視してなだらかな下腹部を通り過ぎ、下着近くを撫でるように指を滑らせれば、さっきまでとは違う震えとこわばる感覚が伝わってくる。

（まだ、ここまでか）

訓練、という名目でサリィの身体に触れるようになって数回目。

最初は握手やハグといった子どもの戯れのようなものばかりだったが、埒があかないと半ば無理やりこの行為をはじめた。

羞恥からかなんとか理由を付けて逃げ回っていたが「怖いんですか？」「まさか！」というやり取りを経て、今に至る。

彼女の負けず嫌いな性格を利用させてもらった感は否めないが、素直すぎるサリィが悪いのだ。

未婚の男女が個室に二人きりになれるチャンスは作らなければ生まれない。

変なところで鈍いサリィは、メイドたちが気を回してこの時間を捻出してくれていることにはまだ気がついていないらしい。

早くしないとメイドたちに気がつかれてしまうのではないかという恐怖で、怯えている姿が可愛いので、まだしばらくは黙っておくつもりだ。

ベッドに押し倒してしまいたいが、俺が我慢できる自信がないので、訓練はいつだってソファの上。

膝に乗るサリィの身体はちゃんと食べているのか不安になるほど軽くて、俺の熱を押しつぶす小さな臀部の重みに物足りなさを感じていたりする。

「あん、やっくぅん」

可愛い悲鳴を上げて俺の上でもがくサリィの淫らさに喉が鳴る。

すべてのしぐさが俺を煽り、嗜虐心をこみ上げさせる。

早く、サリィの中に入りたい。まだ触れていないスカートの中に入り込んで、きっと身体と同じく小さくて狭い入口を花開かせ、貫きたい。

スカートの中で太股をすり合わせているのが伝わってきて、サリィも同じような物足りなさを感じているのはわかっている。

腰から上への愛撫はもう恐怖を感じることもなく、されるがままになっている。

背中を舐めあげた時は悲鳴を上げていたが、あれは単純な驚きだろう。

染みひとつない白い背中は眩しすぎるほどで、中心の少し窪んだ部分を撫でたり舐めたりして楽しませてもらった。

背中への愛撫は見えないから怖がるかと思ったが、気持ちよくなるのを必死に耐えている姿から恐怖は感じていないようだ。

やはり問題は下肢。

スカートの上から太股に触れるだけでも怯えた表情を浮かべてしまう。

見えないのが怖いならドレスを脱いで裸で訓練してしまえば話は早い気がするが、ドレスを脱がしてしまったら俺のなけなしの理性は吹き飛んでしまうだろう。

これまで色々な女と交わってきた。けれどサリィはその中のどの女とも違う。

どこに触れても柔らかくていい匂いがして温かくて、触れるだけで幸せな気分になる。

俺が少し触れるだけで、甘ったるい嬌声(きょうせい)を上げてくれるのが嬉しくてたまらない。

いい思い出などひとつもない経験が役に立ったと誇らしくもある。

「あん、やぁぁん、も、だめぇぇ」

「ウルド、と呼べたら今日はおしまいにしよう」

「えぁ、や、やだぁ」

「それは呼ぶのが嫌？　それとも終わるのが嫌？」

「んんんっ!!」

先端を爪で弾いてから、指で乳首を挟んで擦りあげる。

最初は慎ましかった乳首が、俺の愛撫で少しだけ大きくなった気がするのが喜ばしい。

ぴくぴくと痙攣する身体が可愛くて、耳の裏を舌で舐めあげる。

「返事をしない悪い子は、このまま乳首でイケるようにしてあげよう」

「だ、だめぇっ！　んんんっ、だめ、だめ、ゆるしてぇ」

「そんなにきもちぃい？」

「ちがっ、そうじゃなくて、ああん、やだ、だってまだ、そんなのしらないのにぃ」

「ほら、ちゃんと言わないともっと酷くするぞ」

「やだぁ、酷いのやだぁ」

幼子のように頭を振るサリィの顔は熱に浮かされ蕩けている。

あと少し押せば素直じゃない口から可愛い言葉が聞けそうだ。

「ほら、言って」

「んっぃぃ、うる、うるどぉ」

「っ……!!」

甘い声は想像以上の破壊力を持って本能に直撃する。

何もしていないのに俺の方が達してしまいそうだ。

「可愛い、可愛いサリィ」

乳房を解放してやれば、ぐったりと背中をもたれかけさせて倒れ込んでくる小さな身体を抱きしめる。

もっと先に進みたい。早くサリィのすべてを自分のものにしたい。

膨れ上がっていく自分の欲望の底なし具合があさましくて嫌になる。

サリィの気持ちが俺に傾いてきてくれているのは十分すぎるほどにわかっている。

素直になれないのは性格からなのか、心の傷のせいなのか。

「ひ、ば、ばかぁ」

涙で潤んだ瞳で睨んでいるつもりなのか、榛色の瞳が俺を見つめている。

逆効果だと文句を言う代わりに、乱暴に唇を奪った。

素直になれないのは俺も同じことなのかもしれない。

堕ちてくるのを望むばかりで、俺自身の言葉でサリィに愛を囁く勇気はいまだない。

サリィに待つと言ったが本音は否定されるのが怖いからだ。

これまで関わってきた人々はいつだって俺を外見で判断する。

新しい調度品を欲しがるようなもので、心など求めていない。

サリィも同じだったら？

そんなはずはないと思うものの確信は持てず、いつだって余裕ぶって彼女の身体を弄ぶしかできない俺は、卑怯な人間なのだろう。

「……ウルド？」

サリィがどうしたの？　とでも言いたげに見上げてくる。

まだ熱に浮かされている潤んだ瞳が気遣わしげで、健気さに胸が疼く。

いまだにはだけられたままの胸元が目に眩しくて、むしゃぶりつきたい衝動に駆られるが、そろそろ時間切れだろう。

「なんでもないよサリィ」

優しく頬を撫で、先ほどいたぶり尽くした耳朶をそっと撫でる。

指摘されるまで気がつかなかったが、俺は耳が好きらしい。
確かにこれまで関係のあったどの女性も、耳の形が好ましかった気がする。
けれど、どの記憶にある耳もサリィのものには及ばない。
薄い耳朶には大ぶりの宝石よりも小さな花飾りが似合うだろう。
「もう、また耳を弄って！　やめてください！」
くすぐったいから落ち着かないわ、と不満げにふくらむ頬さえ愛おしい。
そっと胸元を直してやりながら額に優しく口づけた。
一生逃がしてあげないから覚悟して。

第四章　芽生えた想い

「ごきげんよう、サリヴィア」

「ごきげんよう、エルリナ」

にっこりと淑女の挨拶をかわし、サリヴィアとエルリナはテーブルに着く。

今日は友人である伯爵令嬢エルリナ・フィルリテの館に招かれてのお茶会だ。

同じ伯爵令嬢で同い年。

礼儀作法の先生が同じだったこともあり、実地練習の相手にと引き合わされたのが二人の出会いだった。

エルリナはサリヴィアとは違い、すらりと背が高くまっすぐでサラサラのピンクブロンドが美しい、凜とした美人だ。

しかし中身は結構おっとりしていて、サリヴィアが勢いにまかせて誰かを罵倒したとしても「そんなに早く喋ったら、何を言っているのかわからなくってよ」と不思議ななだめ方をするような少女だった。

お互い、中身と外見がちぐはぐなせいで苦労している者同士だと仲良くなって、今ではサリヴィアにとって唯一の親友。

「久しぶりねエルリナ。婚約者の方とはうまくいっていて？」

「ええ。おかげさまで」

以前は暇さえあれば二人で喋り倒していたものだが、エルリナに婚約者ができたことで機会は激減していた。

エルリナの婚約者はなんと魔法使いで、あちらから熱烈な求婚があったという。

親が進めていた別の婚約話があったエルリナは、「困ったことになった」とサリヴィアに相談してきたが、何があったのかいつの間にか「熱意に負けた」と婚約していた。

魔法使いという仕事柄、以前は城にある居住区に寝泊まりしていたそうだが、今ではほぼエルリナの家で生活しているらしい。

以前話を聞いた時は「ふうん」としか思わなかったサリヴィアだったが、魔法使いという肩書きに胸騒ぎを感じ名前を聞いてみた。

「エルリナ、婚約者のお名前は？」

「ウリエルよ。ウリエル・セラビィ」

その名前に、サリヴィアは雷に打たれたような衝撃を感じた。

（攻略キャラじゃないの）

名前だけでは思い出せなくても、肩書きがセットならば記憶の蓋は緩むらしい。

ウリエルは天才魔法使いで、くすんだ銀色の髪とアッシュグリーンの瞳をした優しげな青年だ。

研究ばか、もとい研究熱心なので少し世情に疎い天然なところはあるが、優しくおとなしい性格だと記憶している。

「ど、どうやって出会ったんだっけ？」

「私がお城に行った時にぶつかって、彼が持っていた変な道具を壊しちゃったのよ。それを謝ったら何故か気に入られちゃってね」

そう語るエルリナの表情はどこか嬉しそうで、きっとその瞬間に二人は恋に落ちたのだとサリヴィアは悟った。

「ちょっと変わっているけどすごい人よ。新しい道具を色々開発しているんですって」

「へぇ」

とにかく、攻略キャラの一人は既に婚約済みなので自分に影響が出ることはないだろうと安心する。

しかしまさか親友の婚約者になっていたとはと、サリヴィアは奇妙な運命に驚いていた。

「そうそう。サリヴィアの方こそ、噂の騎士様とはどうなの？」

「うっ！」

サリヴィアは飲んでいた紅茶を吐き出しそうになるのをぐっとこらえる。

「なんで、それを」

「あら～知らない人はいないくらいに噂になっているわよ。あの金の騎士様が一人のご令嬢にご執心だって」

金の騎士様。社交界で令嬢たちがウルドにつけた呼称。

確かに見た目だけなら物語に出てくる騎士そのものだし、上っ面だけなら礼儀正しいし、妙なところで気が利くから人気があっても仕方ない。

エルリナの家は紅茶用の茶葉の生産と加工を生業としていて、あちこちで試食会と称した茶会を頻繁に開いているから、噂の収集には事欠かない。サリヴィアが知らないような情報もしっかり把握しているのだろう。

「お付き合いのあった方々は皆さま捨てられたただの終わっただのと嘆いていらっしゃって大変みたい」

「ふぅん……」

サリヴィアが知る限り、ウルドのお相手は噂に聞いているだけで両手に余るほど。

半分は根も葉もない噂か少しお茶をしただけの相手が話を誇張して広めただけだとウルドは笑っていたが、実際はどうだかわからないと疑っている。

エルリナの口ぶりからだと、ウルドの言う通り大半はやっかみのようで「あの方と結ばれるのは私」と絡んできた令嬢が何人かいたな、とサリヴィアは遠い目をした。

ほとんどは一方的な恋慕のようだったが、勘違いさせるような態度をとるウルドも悪いのだ、絶対。

「特に、ヴェラルデ様なんてかなりお怒りらしいわよ」

「げ」

令嬢らしからぬサリヴィアの呻き声に、エルリナは少し眉根を寄せる。

それは口の悪さを咎めるものではなく、ご愁傷様という憐憫を含んだものだ。

「まさかあのヴェラルデ様にまで手を伸ばしていらっしゃるなんてねぇ」

ヴェラルデ。それは、ギジュエスタ公爵家の令嬢の名前だ。

社交界の令嬢たちの頂点に君臨する真っ赤な薔薇のような豪奢な美しさは一度見たら色々な意味で忘れられないだろう。

燃えるような赤髪に赤い唇。零れ落ちそうに豊かな胸元。

よく響く声でなじられれば皆震え上がるし、高笑いする声は夢に出てきそうな迫力だと噂されている。

（まるで絵に描いたような悪役令嬢よね）

ギジュエスタ家は現在の当主が病にかかったため、息子が取り仕切っているという話だ。

その妹であるヴェラルデは公爵家の権力にものを言わせ、社交界で女王のように振舞っているという。あちこちで散財し、取り巻きを引き連れ、数々の愛人をはべらせているという噂だ。

権力と財力を存分に抱えたヴェラルデは腹黒騎士ウルドには最高の相手だ。

ヴェラルデにしても、結婚を迫る可能性が低いウルドはよい遊び相手なのだろう。

サリヴィアは直接の面識はなく、一度パーティで遠目に見たことがあるだけだった。

関わると面倒なのが目に見えていたので極力接触を避けてきたのに、絡まれる可能性が出てきたことにサリヴィアは頭痛がする思いだった。

「……ヴェラルデ様は城下町で人気の吟遊詩人に夢中だと聞いていたけれど？」

「パトロンになって入れあげている様子だけど、ご令嬢方に人気の高い騎士様を連れ歩けなくなったことは気に食わないご様子ね」

「面倒臭い」

（ウルドもよりにもよって、あんな厄介な令嬢と関係していたなんて）

サリヴィアとは真逆の大人っぽい豊満な身体と妖艶な容姿。

チリッと胸の奥が痛んだ気がするが、気のせいだとサリヴィアは自分に言い聞かせた。

「その厄介な方を振り切ってまで、サリヴィアを選んだのでしょう。素敵じゃない」

「……どうだか。わたくしが珍しいから構ってくるだけでしょう」

「またそんな可愛げのないことを言って。せっかく追われているのだから、今のうちにしっかり骨抜きにすればいいのに」

「骨抜きって」

「足を見せて誘惑するとか？」

「エルリナ……」

この美しい友人は可愛い中身をしている割に、時々サリヴィア以上に過激な発言をしてくれる。

「どこで覚えてくるのよ、そんなこと」

「……本で」

わざとらしく視線が逸らされるので、何か言いたくない事情があるらしい。

少し頬が赤いので、きっと婚約者絡みだなとサリヴィアは察した。

曲がりなりにもエルリナの婚約者ウリエルは攻略キャラクターだ。

ウルドやギリムという濃いキャラクターの仲間だと思えば、多少過激な行為を婚約者に求めていてもおかしくはない。

お互い、ろくでもない男に捕まった仲間なのかもしれない。

＊＊＊

サリヴィアがエルリナとの久しぶりに女同士の時間を楽しんで帰宅すれば、何故かウルドが笑顔で待っていた。

「今日はお約束していなかったはずですが」

「思ったよりも仕事が早く終わってね。少しでも顔を見たくて寄らせてもらった」

隙のない笑顔だが、絶対にこういう時は裏がある。

嫌な予感がして早めに会話を切り上げてお帰りいただこうとしたのだが、何故かメイドたちはサリヴィアの部屋にお茶を用意しているからと、部屋に案内する。

（何故。何故私よりもウルドの都合を優先させるのよ）

メイドたちが下がってしまった部屋では二人きり。

なるべく距離を取って座ろうとするが、ウルドは当然のようにサリヴィアの横にぴったりとくっついて座っている。

「ウルド様。これではお茶が飲めません」

「二人きりの時は『様』はつけない約束だよ、サリィ」

「……っ？」

指の背で耳朶を撫でられ、つい顔を向ければ、意地悪そうな笑みを浮かべたウルドの顔がサリヴィアの真正面にあった。

そのまま柔らかくキスすると、離れ際に唇を舐めていく。

「ウルド！」

あの日以来、隙があればウルドはサリヴィアにいやらしく触れていた。

何故か二人きりになる機会が多いせいで、ウルドの好きにされてしまっている。

訓練だと勝手な理由をつけられて、あちこち弄ばれる身にもなってもらいたい。

腰に回された手がわき腹を撫でるので、サリヴィアはそれを思いきり抓ってやる。

「手厳しいな。今日もたくさん可愛がってあげたいが、時間がないのが残念だ」

「わたくしはとても喜ばしいです」

「またそんな心無いことを」

「本心です！」

サリヴィアの身体でウルドの指や唇が触れていない場所なんてないかもしれない。

彼に触れられると自分の身体が自分のものではないような気持ちになって落ち着かない。

下肢に触れられるのはまだ怖いが、それ以外の場所はまるでウルドの所有物になったみたいに彼の与える喜びを受け入れていた。

「本当にサリィは素直じゃない」

「自分には正直に生きているつもりですけれど」

ふん、と拗ねたふりをしてサリヴィアは顔をそむけるが、ウルドは怒ったふうもなく、その姿を愛しげに見つめてくる。

「で、本日はどんなご用ことですか」

「顔が見たかっただけさ」

「建前はよろしいから、早くおっしゃって」

「……まったく」

仕方なさそうにウルドが胸元から出したのは一通の招待状。

封蠟の紋章には見覚えがあり、サリヴィアは目を丸くする。

まさかエルリナとかわした会話がフラグだったのかと、あまりのタイミングのよさに寒気がした。

「ギジュエスタ公爵家から舞踏会のお誘いがあった」

「……ヴェラルデ様ですわね」

「おや、サリィは面識があるのかい」

「いえ、直接はございませんが、お噂はかねがね」

あなたとの噂も知っていますよと含ませて鋭い視線を向ければ、ウルドは少しだけ気まずそうに視線を逸らす。

「信じてもらえないかもしれないが、彼女とはお互いの利害が一致した関係だったんだよ。サリィが思っているような仲ではない」

「別にウルドがどのような方とどんなお付き合をしていようがどうでもいいですけれどね！」

「サリィと出会う前のことだ。そんなに拗ねるな」

「別に拗ねてなどいません」

「素直に妬いてほしいのだが」

「嫌です」

だんだん意地になって返事をするサリヴィア。

だが、ウルドはその様子までも嬉しそうに見つめてくるものだから、余計に腹が立つ。

「……話は戻るが、公爵家から直々のお誘いだ。俺とサリィにね」

「わたくしに？」

「そう。宛名は連名になっている」

「婚約をしたわけでもないのに、この招待状はおかしくありませんこと？」

にこにことやけに爽やかなウルドの笑みに、サリヴィアは、まさかと息を呑む。

「ヴェラルデ様になにか余計なことを吹き込みましたわね」

「いいや。本気になった相手がいると伝えたまでだ」

「それが余計なことなのです‼」

つまり、これはヴェラルデからの挑戦状だ。

自分の男を奪った女を招待して、舞踏会の場で奪い返す算段なのだろう。

男女がセットで招待される時は、二人が恋人同然だという意味を持つ。

そして、その二人が別々に退場する時は、二人の終わりを意味する。

もしこの招待を受け、ウルドがサリヴィアを伴い舞踏会に行ったのち、ヴェラルデがウルドを奪い、サリヴィア一人で帰ることになったとしたらどうなるかなど、考えなくてもわかる。

ヴェラルデはサリヴィアに勝つつもりでいるのだ。

「お断りします」

「おや、敵前逃亡かな」

「相手は公爵家でしてよ？　しがない伯爵家育ちのわたくしでは相手にもなりません」

「では更にしがない男爵家の生まれである俺は、誰かの愛人として飼い殺しにされても問題ないと？」

「自業自得ではありませんの？」

「酷いなぁ」

少しだけ悲しそうな表情をされると、ほんの少しだが良心が痛む。

ヴェラルデが本気でウルドを囲う気ならば勝ち目はない。

この国では位の高い貴族は男女問わず愛人がいるのは普通のことだ。

気位が高いと噂のヴェラルデは、飽きたとしても一度自分のモノにした男を簡単には手放したがらないだろう。一生囲い込んでおくだけの権力も財力もある。

だが、ヴェラルデほどの令嬢ならば他にも遊び相手には事欠かないはず。

わざわざウルドにこだわる理由はなんなのだろうとサリヴィアは考えた。

（まさか、本当に心を寄せているとか？）

色々と考えるが答えは見つからず、サリヴィアは頭痛と胸のむかつきで顔をしかめた。

どんな意図があっての招待なのかは正直わからないが、何らかの思惑があるのは間違いないだろう。

ちらりと見た招待状の豪華さに、ヴェラルデの本気が垣間見られる。

「困ったな。公爵家の招待を断るとなると、それなりの理由が必要になる」

「別にわたくしでなくとも、お相手はいくらでもいるでしょう」

「サリィ？　本気で言ってる？」

さっきまでは笑っていたウルドの表情に冷たさが混じる。

これはやばいとこれまでの経験で学んだサリヴィアは冷や汗を浮かべる。

「まだ俺の気持ちを疑うなら、また身体で覚えてもらうしかないのかな」

腰に回されたままだった腕がするりと背中に回り、サリヴィアの首筋を撫でる。

熱い息が耳朶をくすぐり、ぴったりと密着する体温。

「それとも、いくって言うまで泣かしてあげようか」

耳孔に直接吹き込まれる恐ろしいほどの甘い声音にぞくぞくと背中を震わされ、サリヴィアは早々に降参することを選んだ。

「わ、わかりました！　わかりましたから離れてください！」

全力でウルドの身体を突き放して逃げようとするが、逆に囚われてしまう。

「本当は俺だって可愛いサリィを人目にさらすのは嫌だ」

「ウルド？」

「今回はあちらだけではなく俺にも事情があってね。悪いが協力してほしい」

疑うわけではないが、信じきれない弱い心に嫌な想像ばかりが駆け巡る。

ウルドがヴェラルデの正式な飼い犬になるというお披露目の、負け犬役をやらされるのかもしれない。

「それと、もしかしたらしばらく会えなくなるかもしれない」

「また視察か何かですか？」

「いや……だが、手紙を書くよ。だから、俺のことを絶対に忘れないでくれよ」

「忘れるって」

「他の男に触れさせたら、お仕置きだからね」

「やっ」

ウルドの指がサリヴィアの耳を撫でた。

サリヴィアは「もう」と頬をふくらみませて彼を睨みつけるが、ウルドは笑ったままだ。

「俺が守るから安心して」

それは何から？　と素直に聞くことすらできず、サリヴィアはおとなしくウルドの腕に抱かれたままでいた。

＊＊＊

タイミングがよいのか悪いのか、工房からドレスが仕上がったとの連絡が届いた。

つまりはお披露目が公爵家の舞踏会になるということ。

せっかくの新作ドレスだというのに、誰かに難癖をつけられたらどうしてくれようとサリヴィアは楽しみに水を差された気分だった。

仕上がったドレスを一度試着して最終的な確認をしてほしいというので、工房に出向くことになった。

ウルドにもドレスを受け取りに行くと連絡はしたが、忙しいのは本当のようで「行けたら行く」という断りの定型文のような一文が添えられた手紙が届いた。

別にはぐらかしているわけではなく、本当に予定が立てられないという必死な文面でなければ、破り捨てていたかもしれない。

いったい、ウルドは何をしているのか。問い詰めたい気持ちを押し殺しながら、サリヴィアは工房へ一人で向かったのだった。

「いらっしゃいませ」

出迎える店員の作法は相変わらず完璧だが、前回と違うのは店内が少しざわついていることだった。貸し切りが売りのはずなのに、他の客がいるらしい。

「どなたか先客がいらしたの？　わたくしが時間を間違えたのかしら」

「いえ……少々トラブルがございまして。お嬢様にご迷惑はおかけしませんので、奥の部屋で少しお待ちください」

言いよどむ様子からよっぽど面倒な客が来ているようだが、巻き込まれるのはご免だと、サリヴィアはおとなしく案内されて奥の部屋に入る。

従者に様子を見にいくように言づけ、出された紅茶を味わいながら待つことにする。

『この調子なら、ドレスの試着よりもウルドの到着の方が早いかも』

そう考えながら、サリヴィアは自分の頬が緩んでいるのに気がつき、慌てて表情を引き締めた。

（別に、彼が来るのを期待しているわけではないんだからね）

自分は誰に言い訳しているのだろうか。

しばらくして戻ってきた従者によれば、どうやら以前ここで仕立てたドレスをどうしてもすぐに手直しするか交換してほしいという客が来ているとわかった。

サイズが合わなくなったなどの理由ではなく、今のままのドレスを着るわけにはいかなくなったという不思議な注文。

工房側は今受けている注文で手一杯だし、オーダーメイドで注文通りのドレスを作った以上、引き渡し後の責任はとれないと、当然の主張をしており、両者の言い分がかみ合う様子はないらしい。

「まあ、よくある話よね」

考えられるのは、ドレスのデザインか色味が被ってはいけない相手と同じになってしまったということだろう。

おそらく、相手は格上の女性。

似たようなドレスで同席すれば喧嘩(けんか)を売っていると取られかねないので、どうしても回避したいのかもしれない。

事前にそれが判明したものの、簡単に違うドレスに切り替えできない事情もあるとみた。新作を着なければいけない場なのか、もしかしたらこの工房のドレスを着て行くとでも約束しているのかもしれない。

いずれにせよ、この工房で仕立てたのならかなりの出費だったはず。

着られないのは痛手だろう。手直しをしたい気持ちはわかるが、ドレスの交換まで言い出すとは切羽詰まりすぎではないだろうか。

「駄目です！　そちらは他のご令嬢のドレスです‼」

「いいじゃない！　その方には待ってもらうように私から頼むから！」

大声が聞こえたかと思ったらノックもなしに扉が開かれる。

従者が身構えてサリヴィアの前に立つが、ドアを開けたのは息を切らせ髪をふり乱した令嬢が一人。

その後ろで店員やお針子、マダムが必死に令嬢を止めようとしているが、令嬢は止まらない様子でサリヴィアの方へ近寄ってくる。

まさか若いご令嬢を押さえこむような行動をとるわけにもいかず、サリヴィアの従者も戸惑った様子だ。

「おねがい！　あのドレスを譲って！　代わりに私のドレスを上げるから‼」

名乗りもせずに叫ぶ令嬢の顔には見覚えがあった。

（ヴェラルデ・ギジュエスタの取り巻きじゃない！）

ヴェラルデとその取り巻きはどこにいても目立つ集団で、直接関わることはなくとも何度か目にしたことはあった。

けばけばしいほどに華美な取り巻きの令嬢の中、ただ一人雰囲気が違った令嬢がいたことをサリヴィアは覚えていた。地味ではあるが清楚で可愛らしい雰囲気は薔薇の中のカスミソウのようで印象的だったのだ。

　ここにきて、またヴェラルデの関係者と鉢合わせるとはなんの因果なのだろうか。

「あらまぁ、マナーのなっていない方ね。どちらさまかしら？」

　サリヴィアはわざとらしくゆっくりと声をかけてから微笑んだ。

　令嬢はその言葉の棘に気がついて、びくりと身をすくませた。

　必死の形相だったのが色を失くし、助けを求めるように視線を彷徨わせているが、この場に令嬢の味方はいない。いつも前方で高笑いをしているヴェラルデも。

「いえ……わ、私はジュリエッテ・シュルムと申します。サリヴィア様がいらっしゃるとは気づかず失礼いたしました」

　令嬢は目の前にいるのがサリヴィアだと気がついたらしく、真っ青な顔をしている。

　シュルムといえば子爵家だとサリヴィアは記憶をたぐり寄せた。

「あら？　わたくしをご存じ？　わたくしは覚えがございませんが」

「いえ、その。昔、一度だけお茶会でご一緒させてもらったことが、ございます」

「記憶力がよろしいのね。では礼儀作法の教室に通われることをおすすめするわ。すぐに身に付くと思うから」

「……っ！」

　礼儀作法がなっていないから覚えなおせ、という全力の嫌味が通じたのか、ジュリエッテは青白い顔のまま頬だけ器用に赤くした。

「それと、ドレスを譲ってほしい？　でしたかしら？　わたくしの聞き間違い？」

「いえ、それは、その」

「おかしいわね。さっきとても大きな声が聞こえたのだけれど。あなた、口がきけなくなってしまったの？」

「わ、私は……」

ジュリエッテは俯くとその場に座り込んでさめざめと泣き出した。

そこまで虐めたつもりはないのだが、簡単に泣かれてしまうと張り合いがないと、サリヴィアはため息を吐く。

これではこちらが悪者だと呟けば、周囲で見守っていた従者や店員たちが慌ててジュリエッテに駆け寄った。

「申し訳ありませんお嬢様。こちらの方にはすぐにお引き取りいただきますので」

「いいえ、大丈夫よ」

「え⁉」

「ねぇ、ジュリエッテ？　といったかしら。ドレスの交換はできませんが、お話は聞いてあげてもよくってよ」

サリヴィアの可憐な笑みに、ジュリエッテをはじめとした周囲の人たちがぽかんとした表情を浮かべたのだった。

「先ほどは大変失礼いたしました」

落ち着きを取り戻したのか、まだわずかに目元の赤いジュリエッテが謝罪を口にした。乱れた髪や衣服を整えてやれば、やはり清楚で可愛らしい令嬢だとわかる。

「あれがあなたのドレスね」

「……はい」

飾られているのは若草色の可愛らしいドレス。

胸元の生地だけは濃い茶色の生地が使われており、赤と金の刺繍が上品だ。ジュリエッテの髪によく似合う派手すぎず可愛らしく品のいい仕上がり。着る者のことを考えた最高の品だ。この工房が人気の理由がよくわかる。

「こんなに素敵なドレスを交換だなんて、もったいない」

「そうでしょう」

マダムが自慢げに頷く。

手間や時間を惜しまずに作られた芸術品。これはジュリエッテのためのドレスだ。

「このドレスはあなたのために作られたものよ。他の誰でも着こなせるわけじゃないわ。それに、もし交換を了解したとしても、わたくしの体型に合わせたドレスをあなたが着こなせると思って？」

「……それは」

「そんな簡単なこともわからないほどに切羽詰まっていた理由は何かしら」

「……」

俯いたジュリエッテの肩が細かく震えている。

「もうすぐギジュエスタ公爵家で舞踏会がある予定でしたわね」

音がしそうなほどに身体を跳ねさせた彼女の様子に、原因が舞踏会であるのは間違いないとサリヴィアは理解する。

取り巻きであるジュリエッテが招待されるのはなんの不思議もないが、この怯え方は異常だ。

「しゅ、主催の方のドレスが緑なので、緑色は避けるように、と」

なるほど。主催ということはヴェラルデのドレスが緑なのだろう。

しかし緑といっても千差万別。ジュリエッテのドレスは明るい若草色だし、差し色に赤茶や金が入っているので、緑が前面に押し出されているわけではない。

「そこまで気にする必要があって？　このドレスは緑という雰囲気ではないと思うのだけれど」

「……でも、緑と思う方もいるかもしれません」

「主催の方はそこまで気になさるようなお方なの？」

「……あの方は、そんな些末なことは気にされません」

「では誰が咎めると？」

「それは……」

　言いよどむ姿は何かに怯えているとしか思えない。

「もしかして、他のご令嬢方が？」

　びくりと、と再び細い肩が撥ねた。当たりのようだ。

「なるほど。低俗な虐めですわね」

「……ぅう……」

　か細く泣きながら、ジュリエッテはこれまでの出来事をぽつぽつと語りだした。

　ジュリエッテがヴェラルデの取り巻きに入れたのは、偶然にもヴェラルデがジュリエッテのある才能に気がつき褒めたことがきっかけらしい。

　彼女以外の取り巻きは、家の格や美しさに自信があり自分からすり寄ったり親に言われて傍に近づいたりした令嬢ばかり。要は気に食わないのだ、ぽっと出の格下が自分の主人について回るのが。

（確かに、私が覚えていたくらいだもの。かなり浮いていたわね）

　虐めは小さなことが多いという。

　茶会の時間を誤って教えられたり、ドレスをわざと汚されたり、舞踏会の場で粗暴な相手とのダンスを強要されたり。

　それでも取り巻きをやめなかったのは、ヴェラルデの傍にいたいからだと言う。

「あの方は、私のような日陰の存在にも分け隔てなく接してくれます。聡明で優しい方です。親すら馬鹿にした趣味を素晴らしいと褒めてくださいました。お傍にいたいのです」

サリヴィアはその言葉に目を見開く。

高笑いして人を踏みつぶすことが趣味のような顔をしているヴェラルデに、そんな優しい側面があったとは。

ヴェラルデという令嬢について認識が間違っているかもしれないという予感に、舞踏会への招待についても何か別の意図があるかもしれないとサリヴィアは考えた。

「他の方々からまた心無いことを言われるのかと考えると怖くて」

よっぽど虐めが堪えているようでジュリエッテの表情は虚ろだ。

他にも色々なことがありそうだが、これ以上追及するには彼女との縁が薄すぎる。

ここでサリヴィアが突然に助け舟を出せば、ヴェラルデの取り巻きを取り上げる流れになりそうだし、ジュリエッテもそれは望んでいないだろう。

「……ひとつ、取り引きをしませんか？」

「取り引き、ですか？」

その言葉が意外だったのか、涙で濡れたまつ毛を震わせジュリエッテが首を傾げる。

今日ここで彼女に会ったのは何かの縁としか思えない。

「わたくしも、その舞踏会に招待されておりますの」

「まぁ」

「なので、わたくしがあなたを助けてさしあげますわ」

「……サリヴィア様が、私を？」

納得できないというか理解できないのだろう。

無礼を働いた上に初対面同然であるサリヴィアが、彼女に助け舟を出す理由はない。

何度も目を瞬いてサリヴィアの顔を凝視している。

「その代わり、あなたもわたくしを助けてくださらない？」

「え、わ、私が、ですか？」

「わたくし、ヴェラルデ様の舞踏会に参加するのは初めてなのです。どういった方々が来るかも存じ上げませんし、ご趣味や舞踏会の趣旨も理解しておりません。なので、失礼を働いてしまうのではないかと怖いのです」

ヴェラルデの取り巻きならば、舞踏会の準備にも多少関わっているだろうし、何らかの情報を知っているに違いない。

丸腰で挑むよりもある程度の情報を得ていた方が戦いは優位に進むというものだ。

「……私がお教えできる範囲でよければ。お役にたてるかはわかりませんが……」

「では、取り引きは成立ですね」

にっこりと微笑んで手を差し出す。

ジュリエッテはサリヴィアの顔と手を困ったように交互に見つめた。

「契約の握手ですわ。悪いようにはしませんから安心なさって」

悪魔と契約でもする気分なのだろう、ジュリエッテの顔色は悪い。

それでも虐められるよりはずっといいと腹を決めたのか、震えながらもジュリエッテは差し出された手をしっかりと握り返した。

「さて、マダム。素晴らしい芸術作品に手を加えるのは心苦しいのですが、ちょっとした提案をお聞きくださらないかしら」

ドレスの所有権は既にジュリエッテに移っているとはいえ、下手な改良を加えれば工房の名にも傷がつく可能性がある。

ここはきちんと製作者に許可を得る必要があるだろう。

「いいえ。騒ぎに巻き込んでしまったお詫びです。それにお嬢様の提案には大変興味があります」

気を悪くするかと思ったが、マダムはどこか嬉しそうな様子だ。

柔軟な方で助かった。

「お気に召すかはわかりませんが、ドレスに手を加えることなくイメージを変える方法がございますの」

「まぁ！　どんな方法ですの」

「少々手間はかかりますが、インパクトは抜群でしてよ」

「とても楽しみですわ！」

「あ、あの……」

盛り上がるサリヴィアとマダムのやり取りに、ジュリエッテが不安そうに両手を握り合わせている。

「そのドレスを着るのは私なので、どうかお手柔らかにお願いします」

　怯えたジュリエッテは小動物のようで可愛らしい。

　サリヴィアは精一杯の優しげな笑みを浮かべ、ドレスの改良案を口にした。

「……まぁぁぁあ！　斬新な！　それでいて素晴らしい発案ですわ！　これまで誰も思いつかなかったことが不思議なくらいです」

「そ、そんな奇抜なドレス、着こなせるかしら」

　マダムは歓喜し、ジュリエッテは目を白黒させている。

「それはあなたの気合い次第よ。あなたが本当にヴェラルデ様のお傍にいたいのならば、その気持ちを叶えるための努力なさい」

「……？」

　怯えて肩を落としていたジュリエッテの瞳にわずかだが光が混じる。

「私、頑張ります」

「ええ、楽しみにしておりますわ」

　マダムはお針子にサリヴィアの提案を実現するための準備を指示し、ジュリエッテはドレスと共に席を外した。

　後日、舞踏会について調べたことを手紙で必ず届けると約束してくれたので、信じて待つことにする。

ようやく騒ぎは過ぎ去った。

さあ！　とマダムは仕切りなおすような声を上げ、サリヴィアに向き直り微笑む。

「お嬢様、お待たせいたしました」

「ようやくわたくしのドレスと対面できるのね」

＊＊＊

「お待たせしましたサリィ」

「ええ、大変待ちましたわ」

試着を終えたサリヴィアが三杯目の紅茶のお代わりを味わっていると、髪を乱したウルドが肩で息をしながら客室に入ってきた。

本当に急いできたのだろう。

その額にはうっすら汗が滲んでいて、いつもの余裕めいた雰囲気がない。

「こんなに遅くなるとは思っていなくてね。ドレスの試着は終わってしまったのかな」

「とっくに」

「……ドレスは？」

「少し調整があるようで、もう持っていきました。完成したらすぐに屋敷に届けてくれるそうです」

「そうか」

　ウルドは、ものすごく残念だと切なげな声をあげる。

　少しだけ可哀想に思えて、サリヴィアは汗を拭くためにハンカチを手渡す。

「そんなにわたくしのドレスが見たかったのですか」

「当たり前じゃないか。私が代金を支払うのだし、それくらいの役得はあっても罰はあたらないはずだよ」

「そういえばそうでしたね」

「君がねだったのだろう？」

「ねだられるようなことをした方が悪いのです」

　言い返せないと思ったのか、疲れが勝ったのか、珍しくウルドが少しだけ拗ねた様子でサリヴィアの隣に腰かける。

　そのタイミングを見計らったように温かい紅茶が入ったカップがその前に置かれる。

　ここの店員は本当に優秀だ。

　いつもは怖いくらいに優雅な動作をするウルドが、乱暴な手つきでカップに手を伸ばすと、そのまま一気に飲んでしまった。

「まぁお行儀の悪い」

「急いできたんだ。少しは大目に見てくれ」

　口調も少しだけ砕けたものになっている。

従者や店員もいるというのに、態度が崩れるなんて珍しい。

なんだかおかしくなって、サリヴィアはウルドの乱れた前髪に手を伸ばし、手櫛で整えてあげる。さらさらとした金の髪は手触りがいい。

「どうしたの、優しくしてくれるなんて」

「まるで普段は優しくないみたいな言い方ですわね」

「違うかな？」

「わたくしはとても優しい人間でしてよ」

そう。別に極悪人というわけではない。少し口がすぎるだけの善良な人間だ。

以前は近寄ってくる男性すべてが敵であるような気がしていたから、きっと酷く可愛げのない女だったろうとサリヴィアは自分自身を冷静に省みていた。

婚約者が欲しかったけれど、自分の思い通りになるようなおとなしく優しい男性でなければ駄目だと気を張っていた。

きっと理想に近い善良な人もいたはずなのに「男はこうだ」という先入観があったことは否めない。

ほんの少し相手に心を砕き、歩み寄ればよかったのに、気に入らないことがあれば、問い詰めて追い詰めて、やはり男はろくでもないと結論付けた。

結局は自分のせいだったと、何故か今、サリヴィアはようやく気がついたのだ。

撫でられるがままのウルドは、小さな子どものように目を細めて微笑んでいる。

つられてサリヴィアは口元を緩ませる。

誰かを待ち遠しいと思う時間を楽しめるなんて知らなかった。

自分のために急いでくれる人がいることがこんなにも嬉しいことなんて知らなかった。

どんなに冷たい言葉を投げかけても、棘のある返事しかできなくても、諦めずに会いに来てくれたウルド。

出会う前と今ではまるで世界は別物だった。

前世で得られなかったものを手に入れようと意地になり、幼稚さや弱さを強気な態度で隠して、噛みつくことしかできなかった臆病なサリヴィアはもういない。

「そうだね、サリィはとても優しい」

そう笑うウルドの顔に、サリヴィアは胸の奥が痛いくらいに締め付けられるのを感じた。

(ああ、私はすっかりウルドに惚れていたのね)

気がついてしまえばすっきりした気分だったが、悔しいのでそれを白状するのはまだ先だとサリヴィアはすまし顔でウルドから手を離す。

「残念だな。サリィのドレス姿を見たかったのに」

「当日のお楽しみ、ということですわね」

「おや。舞踏会をあんなに嫌がっていたのに、どういう風の吹き回しだい？」

ウルドは少し意外そうにサリヴィアを見ている。

「いいえ何も。ただ、あまりにドレスが素晴らしかったのでお披露目が楽しみになりましたの」

これは嘘ではない。

あの素晴らしいドレスを着ていけるというのは楽しみ以外の何物でもない。

ウルドとの二度目のダンスだって。

しかし、それ以上にジュリエッテという協力者であり貴重な情報源を得られたことで、舞踏会に対する心持ちが変わったのは事実。

ヴェラルデが何を企んでいるのかはわからないが、丸腰で挑むよりはずっとましだ。

「何か隠している？」

「いいえ何も」

「何か悪いことを考えている顔に見えるのだけれど」

「あら、いつものウルドほどじゃないですわ」

「！」

小さくウィンクをつけて微笑めば、ウルドは目を見張ってから掌で顔を覆ってしまった。

呼び捨てにされたことに面食らったのか、驚いたのか。

隠れていない耳が真っ赤なことには目をつぶってあげようと、サリヴィアも耳を赤くしながら、わざとらしく声を上げて笑った。

「今日は送ってあげられなくてすまない。気をつけて帰るように」

本当に無理やり時間を作ってここへ来たらしく、ウルドは一人馬を走らせてきていた。

これからまた城に戻るのだという。

ウルドは少しだけ疲れた顔をしていて、サリヴィアは胸が痛んだ。

頬が少しこけたことや髪の艶が落ちたことを、気遣ってくれる人はいないのだろうか。

誰かを慮って心が曇るのも、離れがたいのも初めてで、サリヴィアはどうすればいいかわからなかった。

「ウルド様も、どうかお身体にお気を付けください」

無理をして倒れても知りませんからね、とつい可愛げのない口をきいてしまうのに、ウルドは嬉しそうに微笑むから、居心地が悪くなる。

サリヴィアを馬車に乗せながら名残惜しそうに手を握り、見つめてくる瞳にもいつものような鋭さがない。

「サリィが案じてくれるなら、それだけで元気になれそうだ」

言い返してくる言葉もどこか弱腰で張り合いがない。

ウルドはいつも胡散臭いまでの爽やかさで微笑んでいなくては腹黒騎士らしくない。

「もしエスコートできなくなったらお早めにご連絡くださいね。他の方にお願いしなくてはなりませんから」

「俺以外を選ぶと？」

急に地を這うように低くなった怒気を含んだ声に、ああやっぱりウルドはこうでなくてはと不謹慎ながらもサリヴィアは安心する。

そして、自分でまいた種は刈り取っておかないとあとで酷い目をみるのも学んでいるから、後始末も忘れない。

「それが嫌なら、しっかり自己管理なさってね」

握られたままの腕を引き寄せウルドに頰を寄せる。

ほんの少しかすめるようにキスしてから腕を放し、さっと馬車の奥に引っ込んだ。

呆然としたウルドを横目に、サリヴィアは御者に合図をして馬車の扉を閉めさせる。

「……サリィ？　サリィ⁉　待ってくれ、今のは……」

「それではごきげんよう、ウルド様」

どんどんと扉を叩くウルドを無視するサリヴィアの意図を察したらしい御者が、馬車を走らせ出した。

ウルドが何か叫んでいるが知ったことか。

たまには振り回される気持ちを理解してほしいものだ。

はしたないことをしたと恥ずかしさでサリヴィアは頰を火照らせるが、その胸は高揚し満たされていた。

（舞踏会がとても楽しみだわ）

＊＊＊

ずいぶん先の話だと悠長に構えていたが、気がつけば舞踏会まであと少し。

招待を知らされた時は気が重くて、出席したくない、という思いが強かったサリヴィアだが、色々と情報を仕入れてからは舞踏会が楽しみで仕方がなかった。

たとえウルドが忙しすぎてあの日以来、本当に一度も家を訪れていないとしても。

別に怒っているわけではない。

あれほど頻繁に来ていたくせにと少しいじけているだけだ。

約束通り手紙だけは毎日のように届くが、舞踏会を楽しみにしているという一文で締めくくられていることで、本当にその日まで顔も見られないのだとわかって、少しだけ寂しくなる。

悔しいので、今度会ったら嫌味のひとつはぶつけなければ気がすみそうにない。

あのあと、ジュリエッテから届いた手紙によれば、招待客のほとんどは公爵家と親しい間柄の上位の貴族と取り引きのある商人たち。

王族にも声をかけているが、参加されるかは不明。

舞踏会の名目は当主不在である間、お世話になっている方々への慰労を兼ねた交流の場だと言うが、何か大きな発表を控えている気配がする、とのことだ。

考えられるのは現当主が正式に引退し、嫡男に家督を譲るという発表だろうか。

会場はギジュエスタ公爵家の屋敷。

大広間すべてを使っての盛大なものらしく、食事や装飾品のひとつまで大層なこだわりようだとか。

考えれば考えるほどに、サリヴィアを名指しにした招待が不自然だとわかる。

愛人と噂されているウルドが招待を受け、私をパートナーに選ぶならまだ辻褄が合うのに、何故わざわざ招待状に名前を記したのだろうか。

「絶対に何か裏があるわね」

ジュリエッテの立場を考えれば情報収集にはかなり頑張ってくれたのだろう。

協力に感謝し、お礼の手紙を書いておく。

そしてもう一通、こちらはエルリナから届いた手紙。

ヴェラルデについて調べてほしいと軽い気持ちで頼んでいただけなのに、大長編の返事がきた。

サリヴィアが知る限りでは公爵家は長くから王家の下で政治の中枢に関わってきた名家で領地は広大ということだったが、エルリナからの手紙の内容は想像以上だった。

ギジュエスタ公爵家はエアル王国が建国された際に、王家から将軍へと嫁いだ姫君の家系が続いたもの。

その後も何度か王家との婚姻を繰り返してきた由緒正しい血統で、一番新しいのは数代前の王女様の輿入れ。故に、王家とは深く長い付き合いだ。

知に優れた人物を多く輩出しており、歴代の宰相は公爵家出身が多い。

しかしこの頃は目立った出世をする者は少なく、過去の栄光のおかげで国の中枢にしがみついている状態。

現当主である公爵は数年前に病に倒れているため、嫡男が当主代行を務めているが評判は芳しくない。

手がけている事業は多岐にわたるが、現在の主力はワイン製造と販売。

とても上質で味わい深いワインで愛好家も多く、テロス帝国とも交易をしている。

しかし最近では資金繰りが怪しいらしい。

原因はここ数年続いているブドウの不作の噂。原料の不足により、最近はワインの流通量がぐっと減っているという。

それに加えて散財と借金の噂もある。

あちこちの商店や商売を営む貴族が「ギジュエスタ家に品物を納めたのに代金が支払われない」と訴えているらしい。

高額な品を収めたというのに、一年近く支払ってもらえない者も多いとか。

しかし相手は公爵家。無駄に歯向かって商売が立ち行かなくなっては困ると声を上げない者がほとんど。

品物の半分近くは女性向けの贅沢品なので、ヴェラルデが散財しているのではないかと言う噂がまことしやかに流れているらしい。

なるほど、大変きな臭い。

というか、よくここまで調べられたものだと感心する。

エルリナにはスパイとか情報屋の才能がある気がする。

今度じっくり話を聞かなければならないと、サリヴィアは親友に思いをはせた。

得られた情報から考えられる答えは何通りかあるが、どれもなんとなくしっくりこない。

ウルドが忙しいことも、公爵家と関係があると思って間違いないだろう。

舞踏会に招待されたのはウルドが目的ではなく、もっと大きな何かがある。

「せっかく最前列の鑑賞券をいただいたのだから、こちらも礼を尽くさないと」

自分は何かしらの役割を演じるために呼ばれたとサリヴィアは感じはじめていた。

せいぜい楽しませてもらおう。

いざとなれば全力で抗うまでだと、サリヴィアは決意を固めた。

第五章　最高の舞台

迎えた舞踏会当日。

サリヴィアは工房から届いたドレスに身を包んでいた。

着替えを手伝うメイドたちから感嘆の吐息が零れる。

仕上がったドレスは鮮やかな青を基調としたものだ。

胸部分は目に鮮やかな青いレース一色。ベルベット地の細いリボンで高い位置にウエストを作り、そこから裾にかけては何種類もの青系統のレースが重なり、最後には真っ白になるように作られた美しいグラデーションを描いている。

小柄なサリヴィアの身体を引き立てるように精巧にデザインと縫製がされており、身体にしっくりと馴染んでいる。

「とてもお美しいですわ、お嬢様。この榛色のリボンがお嬢様の瞳の色と同じでとてもお似合いです」

リボンを丁寧に結びながらメイドがうっとりと目を細める。

そうでしょうともとサリヴィアは胸を張った。

マダムと熱い議論を重ね完成したドレスに隙はない。

足元を彩る靴にも細工があって、つま先はドレスの裾と同じく真っ白だが、少し高めに作ったヒール部分だけは青いサテン生地で包み花びらを模したガラス細工で飾ってある。

ダンスを踊った時に、スカートの裾からわずかに覗く部分にまでこだわった完璧なデザインだった。

「ドレスの青は、ウルド様の瞳の色ですね」

「……偶然よ、それは」

そう偶然だ。

ドレスの色を決めた時にマダムがウルドを見つめて微笑んだのも偶然だし、同席していたウルドの機嫌がやたらよかったのも偶然だ。

メイドたちはもの言いたげに微笑んで、それ以上は何も追及せずに支度を調えていく。

ドレスが引き立つように、髪はひとまとめにして高めの位置でアップにしてしまう。

髪飾りはあえてつけない。今日のサリヴィアを飾るのはこのドレスひとつ。

精巧な細工を施した人形のような令嬢が鏡の中に立っている。

圧倒的な存在感と透明感。最高の仕上がりだ。

戦いに挑むには十分すぎる装備だろう。

「出陣ね」

メイドの一人が「お嬢様、何か違います」と小さく突っ込むが、サリヴィアは聞こえないふりをした。

玄関ロビーへと向かうと、真っ黒な騎士装束に身を包んだウルドが既に待っていた。

約束の時間までにはかなり間があるというのに、気が早いことだ。

わざとゆっくりと階段を下りていけば、足音に気がついたらしいウルドが、現れたサリヴィアを見上げ、小さく息を呑んだ。

「……綺麗だ」

ため息交じりの賞賛の言葉に胸の奥が熱くなる。

上から下までゆっくり眺めまわされているのが落ち着かない。

真正面からウルドを見るのはずいぶんと久しぶりだと、サリヴィアは胸の高鳴りを押さえられなかった。

黒の装束はウルドの金の髪を艶やかに引き立てている。

だが、やはり少しだけ疲れた様子なのがわかる。

無理をしているのではないかと心配になり、サリヴィアは用意しておいた嫌味の言葉を忘れてしまった。

「想像以上だ、サリィ。とても似合っている」

「ウルド様もよくお似合いですわ。初めて見るお姿ですわね」

「ああ、これは公式行事やとても大切な時だけに着るものなのだよ」

「それをわざわざ？」

「今日のサリィをエスコートするには不十分かな」

「いいえ！　眩しいくらいに素敵でしてよ」

「……！」

珍しく素直に褒めたものだから、ウルドは目を丸くしてうっすら頬を染めている。

サリヴィアの顔も赤い。

お互いに慣れない素直な褒めあいをしたせいで恥ずかしくて落ち着かない。

「そうだサリィ、これを受け取ってほしい」

差し出されたのは小さな箱。

サリヴィアがそれを受け取り、そっと開ければ、白い小花を模したイヤリングが一対。

「まあ」

装飾品を贈られたのは初めてだった。

「今日の君が俺のものだという印をつけておきたくてね」

「……わたくし、物ではなくってよ」

「それでも。今日だけはそういうことにしておいてほしい」

どこか懇願するような声音と視線に嫌だなどと言えるはずもなく、周りのメイドたちからも『受け取ってください』という圧力を感じて、サリヴィアは小さく頷く。

「よかった」

ウルドがあまりに嬉しそうに微笑むものだから悪態をつくことすらできない。

嬉々とした様子でイヤリングをつけようと近づいてくるので、さすがそれは断ってメイドに頼む。

ウルドはすごく残念そうに耳朶を見つめていたが、これだけ人の目があるところで触れてなるものかとサリヴィアは視線を無視した。

急に触られてしまったら、どんな態度をとってしまうかわからない。

「とてもよく似合っているよ」

姿見がないのでメイドが渡してくれた手鏡でサリヴィアは耳元を確認する。

小ぶりながらも上質な細工品のようで光があたるたびにキラキラと輝いて、とても可愛らしい。

今日のドレスの雰囲気にもしっくりと馴染んでいる。

「ありがとうございます」

素直に礼を述べれば、ウルドは満足そうに微笑んでサリヴィアに腕を差し出す。

サリヴィアはその腕に素直に己の腕を絡めた。


ミチル家から馬車を使って半刻ほどで着いたのは、王城にも近い都の中心地区だった。

初めて訪れた公爵家の屋敷は豪華絢爛（けんらん）な造りで、夜だというのにまばゆく輝いている。

馬車の窓から周りを確認すれば、招待客のほとんどは高官か王家の関係者。

場違いな空気感に、サリヴィアは緊張していた。

「サリィ。俺が付いている」

その震えを察知したのか、ウルドが優しく背中を撫でている。

騎士の装束ならば手袋が必須であるはずなのに、手袋はつけていない。

サリヴィアに対する配慮だ。

「ウルド、手袋をして」

「それではサリィが」

「あなたに恥をかかせる方が悪手だわ。大丈夫、手を添える程度なら平気だから」

だからおねがいと強く頼めば、根負けしたようにウルドは胸にしまっていた手袋を取り出し、両手にしっかりとはめた。

「では、参りましょう」

小さく深呼吸をして馬車の扉を開く。

つま先からまつ毛の先まで神経を尖らせ、優美な動きで可憐な微笑を口元に添えて。

伯爵令嬢サリヴィア・ミチルはここにいると示すようにゆっくりとした動きで、ウルドのエスコートに身をまかせ馬車から滑るように外に出れば、一瞬にして視線がサリヴィアに集まっていく。

手袋越しに触れるウルドの温もりは心地よく、そこから勇気が湧いてくるような気がして、サリヴィアは背筋を更に伸ばした。

「まあ」

それが誰の声かは重要ではない。

その声が、蔑みではなく、感嘆であることが大切だ。

周囲の視線はまず有名な金の騎士ウルドを確かめ、そして連れであるサリヴィアへと向けられる。

婚約者探しの夜会や令嬢同士のお茶会にしか顔を出さない彼女を知る者は少ない。

あれはいったいどこの令嬢だと探るような声が聞こえてくる。

ウルドに見劣りしていないという思いはあるが自信はない。

しかしここで不安げな表情など浮かべてなるものかという意地で笑顔を作り出す。

「ご招待ありがとうございます」

周りの視線を奪うような可憐な微笑で、扉の前に立つ案内役の使用人らしき青年に声をかけるサリヴィア。

周囲からは惚けたような視線を感じるが、青年は惑わされることなく涼やかな笑顔を浮かべたままだ。

さすが公爵家、しっかりした使用人を抱えている。

「お客様、招待状はお持ちでしょうか」

「ああ、こちらに」

ウルドが招待状を渡せばすぐさま確認された。

一瞬、青年の眉が動きウルドと視線を交わらせたのは見逃さなかった。

やはりサリヴィアたちの招待には何かあちら側の都合が隠されているらしい。

「ウルド・ゼーゼバン様とサリヴィア・ミチル様ですね。お待ちしておりました」

こちらへ、と中へ案内される。

周りで様子をうかがっていた方々が「ミチル家の……」と囁きあっているので、サリヴィアの正体は一応周りに伝わったようだ。

初手は上々。さあ、本番はこれからだ。

気持ちを引き締めながら、サリヴィアは馬車の中でウルドとかわした言葉を思い出す。


「聞いても応えてくださらないだろうけれど、この舞踏会はいったい何が目的ですか？」

「そうだね。今はまだ教えるわけにはいかない、とだけ答えておこうか」

「答えになっていませんけど」

「少なくともサリィに危害を加えさせるつもりはないことだけは信じてほしい」

絶対に話す気はないらしい。

簡単に真実を聞き出せるとは思っていないので怒る気はない。

「……ヴェラルデ様はわたくしが考えていたような方ではないことは、なんとなくですが察しがついております」

「なるほど？」

「それと、公爵家に怪しい噂が飛び交っていて、おそらくウルドの疲れとお兄様のやつれはそれが原因だということも」

「……どうやって調べたのか聞いても？」

「女の勘です」

「……それは恐ろしい」

「殿方が考えている以上に、女性のつながりというのは広く根深いのですよ。噂を侮ってはいけません」

「大変勉強になった。以後気をつけるとしよう」

「……気をつけるようなことをする予定でも？」

少しだけ意地悪な問いかけをすれば、ウルドが困ったように首を傾げる。

「その様子だと、俺の噂もだいたいは知っているようだね」

「恋の噂は千里をかけますからね」

「……大半が根も葉もないものだとしても？」

「根も葉も、幹まである噂もあると聞きます」

「まいったな」

珍しく弱った様子のウルドが肩をすくめた。

「本当にね、サリィに出会うまでの俺は愚かだったよ」

呟くような声音が弱々しくて、いつも自信に満ちた爽やかな仮面が嘘みたいだ。

「後悔はしていないけど、懺悔はしたいと思っている」

「何に対して？」

「好意を信じきれなかった愚かな過去に、かな」

「今は、どうですの」

「自分以外の誰かを思う気持ちの強さに驚いているよ」

ウルドが抱えている闇はサリヴィアが考えている以上に根深いようだった。

ゲームでは、どうしてウルドが出世と権力を望む腹黒騎士になったのかという説明はなかった。

ヒロインのまっすぐな態度にほだされ、他人への接し方を改め、恋を信じたくなる、という展開だけが描かれている。

もし、ウルドの心が変わったのがサリヴィアと関わったせいならば、今ヒロインが現れてもウルドの心がそちらに向かう可能性は低いのかもしれない。

「別に、ウルドの過去を責めてなんていませんわ」

「気にしてくれないと？」

「……そうじゃありません。わたくしには気にする理由はないですから」

ウルドが目に見えて気落ちした表情になる。

「だって、わたくしは出会ってからのウルドしか知りませんもの。他の方があなたをどう言おうが、ウルドは意地悪だけど、わたくしに対しては誠実だわ」

「サリィ」

ウルドが見たこともないような優しい笑顔で微笑むものだから、サリヴィアはそれを真正面で受け止められず顔を逸らす。

柄にもないことを口にしたからか、耳まで熱い。

「……やっぱりやめた。このまま帰ろうサリィ」

「は？　今更なんですか？」

「こんなに可愛くて綺麗なサリィを他の男に見せるのは嫌だ。今すぐ戻って俺と『訓練』しよう。すぐにでも」

「馬鹿じゃありませんの？」

今にも襲いかかってきそうなウルドの気配に身構える。目が本気だ。

「だいたい、何か考えがあっての参加なのでしょう？　やると決めたからにはきちんと役目を果たしなさいよ！」

「サリィが悪い。可愛すぎる」

「人のせいにしないでくださらない？」

「……サリィ、触らせて」

「駄目です」

「ちょっとだけでも？」

「ドレスが着崩れますし、化粧も落ちます」

「耳だけでも」

「イヤリングが落ちたら嫌ですから、駄目です」

ものすごく恨みがましい目で見られている。

「わたくしを巻き込んだ以上はきちんとなさい！」

「サリィ……」

「そんな顔をしても駄目です。わたくし、腑抜けた男は嫌いです」

嫌い、という言葉が効いたらしく、ウルドは長いため息を吐くとようやく居住まいを正した。

「で、わたくしは何をすればよろしいの？」

「俺の自慢の恋人であってくれればいい」

「冗談はいいので、本題を早くおっしゃってください」

「本気だ。今夜の君は俺の最愛の恋人。愛されていることを全身で自慢してほしい」

「……は？」

数秒の間をおいてようやく絞り出したサリヴィアの声は気が抜けたものだった。

「本当なら既にサリィは俺に落ちているはずだったんだが。申し訳ないが少し予定を繰り上げて、今日は俺の可愛い恋人になってくれ」

「帰ります」

「さっきは俺に役目を果たせ！　と言っていたじゃないか」

「それとこれとは話が違います。予定を繰り上げって、人の気持ちを何だと……！」

「だってサリィは素直じゃないから」

微笑むウルドにサリヴィアはしてやられた、と唇を噛んだ。

（せっかく人が歩み寄ろうと努力をしているのに、この腹黒め！）

爽やかな笑顔が腹立たしくて思いきり睨みつける。

「ここで逃げたら負け犬ならぬ負け猫だよ。ヴェラルデから俺を奪い損ねた泥棒猫」

「今のわたくしの立場はそういうことになっているのですね」

「申し訳ないけれど」

「わたくしがあなたの恋人役になることはあちらもご存じなのね」

「役、というか恋人だと伝えてある」

サラリと告げられて眩暈がする。

余裕の笑顔が腹立たしいのでひっぱたいてやりたいが、今ウルドの顔を腫らすのは駄目だとすんでのところでこらえた。

「……わかりました。敗者扱いされるのは嫌ですから、今日だけはご協力いたします」

喜色を前面に押し出したウルドがサリヴィアに手を差し出す。

この手を素直にとってしまえばどんなに楽だろうかと考えて、サリヴィアは唯一残されたプライドを振り絞ってそっぽを向く。

「……恋人役は馬車を降りてからです」

「相変わらず手厳しいな、君は」

困り果てながらも無理強いはしてこなかったウルドの優しさを感じながら、サリヴィアは近づいてくる公爵邸をじっと見つめたのだった。


会場の中に足を踏み入れたウルドとサリヴィアは、熱愛中の恋人という役割をしっかり演じる。

ウルドはずっと蕩けそうな目で愛しげに見つめてくるし、誰かにサリヴィアを紹介してほしいと声をかけられるたびに「人に見せるのが惜しい」などと甘言を吐いてくる。

サリヴィアはウルドに選ばれて当然と思わせるような令嬢の仮面を被る。ウルドに寄り添い、甘えるように小首を傾げて耳元で囁き合って。

恥ずかしいが、必要なことなのだと何度も自分に言い聞かせて乗り切った。

新作のドレスは周りの令嬢やご婦人たちの興味を大変刺激しているようだった。

おかげでかなりの注目を集めることに成功していた。

人で溢れそうな会場の真ん中あたり。ひときわ大きな集団の中心にその人はいた。

ウルドに気がついたのだろうその人が動けば、周りの取り巻きたちも共にこちら移動してくる。

前世で見た大型の草食動物の大移動に似ている気がする。

絶対的な存在感を持つその人が正面に立ったので、格下であるサリヴィアは素直に首を垂れた。

「ごきげんようヴェラルデ様。本日はお招きいただき、ありがとうございます」

「ごきげんようサリヴィア」

艶やかな赤毛を大きくゆったりと結い上げ、優雅に微笑む姿は大輪の赤い薔薇のようだ。

その身体を包むエメラルドグリーンのドレスは胸元の大きくあいたデザインで、デコルテの白く美しい肌と柔らかな双丘をまばゆいほどに輝かせていた。

手には大ぶりの扇が握られており、まさにイメージ通りの悪役令嬢そのものだ。

彼女こそが、ヴェラルデ・ギジュエスタ公爵家令嬢。

「ウルドが自慢するものだから、ぜひ一度ちゃんとお話がしたいと思っていたのよ」

「わたくしもヴェラルデ様のお噂はよく耳にしておりましたので、一度お話ができればと思っておりました。まさかこんな形でお誘いいただけるとは想像もしていなかったので、大変驚きましたけど」

「あら、可愛いお顔をしているのになかなかお口が達者ね」

「申し訳ありません。こんな華やかな場は慣れていなくて。無作法だったでしょうか」

「いいのよ。わたくし、素直な方は好きだわ」

余裕の笑みで返されると全力で挑み返したくなるが、そんな対抗心をなだめるかのようにウルドの手が強くサリヴィアを抱き寄せる。

「ヴェラルデ様。私の可愛い恋人なのですから、お手柔らかにお願いします」

「あらウルド。わたくしを捨てておいて酷い言い様ね」

「あなたにとって私はただの火遊びの相手。真実の愛を得た以上、あなたを煩わせるわけにはいきません」

「まぁ！」

パシン！　とわざとらしく大きな音を立ててヴェラルデは扇を閉じた。

周りの空気がピリリと冷えて固まる。

傍から見れば愛人を奪われた令嬢と逃げた燕と泥棒猫。

華やかな場所にはふさわしくない地獄絵図。取り巻きの令嬢たちが倒れてしまいそうなほどに青ざめている。

ふと、その令嬢たちの一番後ろに覚えのある顔がいた。

気づかれないように瞳で合図してから、サリヴィアは大きな声を上げた。

「素晴らしいドレスですわね！」

ウルドの腕からするりと抜けると、ヴェラルデの後方に控えている令嬢の傍へと近寄り、両手を合わせてうっとりした表情を浮かべ微笑む。

「まるでお花畑のよう！」

「お褒めいただきありがとうございます」

「ヴェラルデ様、彼女は？」

ヴェラルデの取り巻きである以上、紹介してもらわなければ話が進まない。

何故ならこのご令嬢とは初対面なのだから。

意外そうに瞬いたのち、ヴェラルデは優雅な微笑を浮かべて彼女を紹介してくれる。

「シュルム子爵家のジュリエッテです。わたくしのよいお友達ですわ」

「はじめましてサリヴィア様。ジュリエッテと申します」

ほんの少しの怯えを混ぜて、恥ずかしそうに会釈を返してくるのはジュリエッテ。

あの若草色のドレスはデザインも色もそのままだが、スカートの部分にはこれでもかというほどに色とりどりの花が散りばめられている。生地の緑が花たちを生き生きと魅せ、動く花畑のような印象を与える。

彼女の隠された可愛らしさが品よく引き出されており、ただゴテゴテと豪華なだけの他の令嬢たちのドレスとはあきらかに一線を画している。

「すべて本物のお花ですの？　よい香りがするわ」

「ええ」

「花園が歩いているようね」

サリヴィアが提案したのはドレスに生花を飾り付けるという奇抜なアイデアだ。

スカートの上に硬いチュールを巻き付け、その穴に茎を短く切った花を差し込み裏側でずれないように固定する。

直前に用意しなければ花は枯れてしまうし、花の種類や咲き方で異なる飾り付けはその時の条件次第というかなりの荒業。

華やかな見た目ではあるが、生花を使ったことでかなりの重さになってしまう。

しかし工房のお針子がなるべくドレスに負担をかけないようにチュールの縫い付け方や花の飾り方に気を配っているのだろう、ジュリエッテの歩みは軽やかだ。

一晩限りの夢の花園、と呼ぶにふさわしい幻想的なドレス。

「とても素敵なドレスね、どちらの工房のものかしら」

「ポンソワル工房でございます」

「やっぱり！　わたくしのドレスもそうなのよ」

ほう、と周りのご婦人方や令嬢たちがざわめく。

これでまた工房の知名度が跳ね上がることだろう。

サリヴィアとジュリエッテ、どちらのドレスも二つとないデザイン。その両方が同じ工房で作られたと知れば、我先にと注文が殺到するに違いない。

ヴェラルデは自分の取り巻きが褒められたことでご満悦の様子だ。

だが、他の取り巻きたちはそれが気に食わないらしい。

「ヴェラルデ様のドレスより目立つなんて、ジュリエッテははしたない娘ですわ」

「そうよそうよ。花のドレスなど奇抜すぎて道化のよう」

「褒めるなんてどうかしているわ」

ジュリエッテだけではなく、サリヴィアのこともまとめて貶めたいのだろう。

これ見よがしに顔を寄せて、囁き合っている。

「お二人ともとても素晴らしいドレスだわ」

その悪意に満ちた言葉をかき消したのは、他の誰でもないヴェラルデの声だ。

取り巻きたちの顔色が変わる。

「わたくし、綺麗なものは大好きなの」

それは明確な容認。決して二人を貶めることは許さないというヴェラルデの圧力に、取り巻きたちは口をつぐむほかない。

他に攻撃できるところはないかと必死に探るような視線を向けてくる令嬢もいるが、緑とはいえヴェラルデのドレスとはあまりに雰囲気が違うため、色が同じであるとなじることもできないので、悔しげに顔を歪めることしかできなかったようだ。

ヴェラルデがドレスを認めたのをきっかけに、近寄りがたそうにしていた他の招待客もジュリエッテに話しかけはじめた。

これまでは取り巻きの一番後ろに隠れていた誰も気に留めない地味な存在であったが、これからは斬新なデザインを着こなした令嬢として注目されるようになるだろう。

陰湿な虐めも容易には行えまい。

「わたくしもポンソワルで新しいドレスを作りたいものだわ」

「ヴェラルデ様ほどのお方なら予約は簡単に取れるのでは？」

「以前、ようやく予約が取れたのだけれど、諸事情があって他の方にお譲りしたの」

ヴェラルデの視線がウルドに向かう。

まさか！　とサリヴィアがウルドを見上げれば、にっこりと完璧なまでの爽やかな笑顔。

（ヴェラルデの予約を譲らせたのね？）

なんということをしてくれたのだ。

サリヴィア自身が関わっていないとはいえ、ヴェラルデの予約を横取りした形になったことが表沙汰になれば面倒だ。

あの工房で働く者たちは口が堅いだろうが、ヴェラルデが訪れるはずだった日に代わりに誰が店に行ったかなど、本気で調べられたら隠しようがない。

足先を踏むか掌を抓りあげてやりたいが、ぐっとこらえて笑顔を作る。

「お優しいのですねヴェラルデ様は」

「いいえ、わたくしは自分の利になることしかしない主義ですのよ」

だから役目を忘れるな、とでも言いたげな微笑は余裕と自信に満ちている。

妙なところで大変な相手に借りを作ってしまった気分だ。

サリヴィアは嫌な汗をかきながらも、なんとかヴェラルデとの挨拶を終えた。

他の招待客への挨拶に忙しい彼女たちの集団が去っていく中、一人そっと振り返ったジュリエッテが唇を動かして「ありがとう」と呟いた。

サリヴィアはそれに「あとは努力次第よ」と微笑で応える。

「ウルド様」

「なんだいサリィ」

「大切なことはちゃんと事前に教えておいてください」

「君は少しの情報でも裏に気がつきかねない。全部を喋れないならひとつも言わない方がいいと思ってね」

「わたくしが信用できないとでも？」

「いいや。むしろ、信用しているからこそ伝えなくても大丈夫なのさ」

なんだかけむに巻かれた気分になり、サリヴィアは混乱する。

初めて直接対峙したヴェラルデはやはり想像とは少し違っていた。

噂に聞いていた我儘で尊大な公爵令嬢などではない、芯の強さを秘め、凛とした輝きをまとった女性だ。

この場でいったい何がはじまるというのだろうか。

ソワソワとした気分で会場を見回していると、視界に見覚えのある姿は入り込む。

そんなまさかという思いでその一点を凝視すれば、あちらもこちらに気がついたらしく、どんどんと距離が近くなっていくのがわかった。

（まずい）

近づいてくる長身の男性はあきらかにサリヴィアを目指している。

やりすごそうとウルドの背後へ隠れようとしたが、時すでに遅し。

「おや、リトル・フラワーではないか」

「……サヴァル様、わたくしの名前はサリヴィアでございます。お間違えのないように」

「相変わらず威勢がいいな」

前回とは違い、めかしこんだ真新しい服を着たギリムが私を見つめ豪快に笑う。

灰色の髪と蒼い瞳によく似合う紺色の衣装のせいか、初めて会った時よりもずいぶんと貴族らしい印象だ。

(この男が招待されている可能性を失念していたわ)

公爵家はワインの輸出をしている。

辺境伯であるサヴァル家と縁があってもおかしくない。

サリヴィアは自分のうかつさに唇を噛む。

「サリィ、こちらは？」

ウルドに呼びかけられ弾かれたように顔を向ければ、ものすごい笑顔なのに笑っていないのがひしひしと伝わってくる。

腰を抱く腕の力はやけに強く、密着しすぎた身体は身動きが取れないほどだ。

ただでさえ考えることが多い状況だというのに、ギリムの登場でサリヴィアの頭痛の種が増えてしまった。

「……ウルド、こちらは辺境伯サヴァル家のギリム様ですわ。わたくしの祖母とお付き合いがある方で、一度だけお会いしたことがあるのよ」

　本当にそれだけだからと念を押すように強く説明するが、ウルドがまとう空気は既に氷点下。ギリムに向ける視線の鋭さに、彼が耳に触れたことを隠し通せなかったことが悔やまれる。

「はじめまして辺境伯殿。第二騎士団の隊長でウルド・ゼーゼバンと申します」

「君が若くして隊長を務める逸材か。会えて光栄だ」

「辺境伯殿の武勇伝は王都でも有名です。一度お手合わせしたいと思っておりました」

「嬉しいことを言ってくれるな。まだしばらくこちらにいる予定なので、都合があえばぜひ一戦交えたいものだ」

　二人は握手をかわし、笑顔で向き合っているが、間に流れる空気は剣呑としている。間に挟まれたサリヴィアは、とりあえず笑顔を絶やさないようにするほかない。

　周りのご婦人やご令嬢たちは、美しい男たちの対峙にうっとりと頬を染めている。

「リトル・フラワーと会えるとは僥倖だな」

「その呼び方はやめてくださいと申し上げたでしょう。記憶力がないのですか？　それとも耳が悪いのですか？」

「そう噛みつくな。とって食おうというわけではないのだ」

「そうでしょうか。わたくし、サヴァル様のような方は初めてなので加減がわかりません」

　全力で牙を剥くが、ギリムはカカッと豪快に笑うだけだ。

　この男もサリヴィアがいくら棘を向けても逃げるでも怒るでもない。

攻略キャラの特性なのだろうか。

早く追い払わなければウルドの機嫌が悪くなる。

そんなサリヴィアの胸中を知ってか知らずか、ギリムはウルドに視線を向ける。

「君はこのお転婆娘の警護かな」

「いいえ。二人連名で招待されまして。幸運にもエスコートの大役を仰せつかっています」

「ほお？」

少し意外そうに目を見張ると、まるで二人でひとつのように身を寄せ合っているサリヴィアとウルドを交互に見ている。

見るなさっさとどっかいけ、とサリヴィアは念じるが、ギリムは面白そうな玩具を見つけたような笑顔を浮かべるばかりだ。

どうやらまだイベントは続くらしい。

「婚約者はまだいないはずではなかったか、リトル・フラワー」

「残念ながら、まだ婚約者ではないのですよ。でも、時間の問題かな、サリィ？」

二人の視線がサリヴィアに突き刺さる。

何か言い返した方がよいのだろうか。

咄嗟に頭が動かず言いよどんでいるうちにギリムが余計なことを口にした。

「ミチル家も人が悪い。よい妻を得られるかもと期待していたのにな」

「よい妻、とは？」

（ギリム黙れ！　ウルド！　そこを拾わない！）

「なに、このお転婆娘の祖母殿から、引き取り手に困っている孫娘がいるから嫁にもらってほしいとの打診があってな」

「……へぇ」

ウルドの声音が低く冷たいものになっている。

腰を抱く腕の力が強まり少し痛い。

なだめるように手を添えて、サリヴィアはなんとか必死に説明を試みる。

「ウルド、違うのよ！　わたくしは断ったのよ！」

「酷いな。俺は乗り気だというのに」

「やめてください！　からかうのもいい加減にしないと本気で怒りますわよ！」

「いいや、本気だ。十七歳まで待つのは長すぎるから、いっそのこと領地に連れ帰ろうかと考えていたところだ」

野性味のある蒼い瞳で見つめられると、罠にかかった動物のような気分になる。

この男が本気ならばサリヴィアは本当に連れ去られるだろう。

確かゲームのルートでも好感度が振り切った時点で領地に連れ帰られて結婚ＥＮＤ。

サリヴィアは背中に冷たい汗が伝うのを感じた。

「申し訳ありませんサヴァル様。この可愛らしいお転婆は既に私のものですから諦めてください」

ウルドはサリヴィアを背後に隠すように引き寄せ、ギリムとの間に立ちはだかる。

「ゼーゼバン殿にはこのじゃじゃ馬は荷が重いのではないか」

「いいえ。彼女こそが運命だと信じていますので、乗りこなしてみせますよ」

「わたくし、怒ってもよいかしら」

さんざんな言われようにサリヴィアが二人を睨みあげた。

男二人が同時に彼女を見つめる。

ウルドは小さくため息を吐き、ギリムはカカッと笑い声を上げた。

「久しぶりに骨のありそうな令嬢を見つけたと期待していたのだがな」

「お生憎様ですわね。わたくしは誰かに見つけてもらって喜ぶような安い女ではございません」

「なっ！」

「そうだろうな。よかったではないか。想い人とやらはお前にご執心のようだ」

前回、ギリムに適当に告げた言い訳をこんなところで口にされるとは思っていなかったサリヴィアは顔を赤くする。

「わたくし、口の軽い男性は大嫌いです」

「フラれた腹いせだ。許せ」

少しだけギリムの顔が切なそうに歪んだ気がした。

もし、出会う順番が逆だったらこの場に共に立っていたのはギリムだったかもしれない。

そんな考えがサリヴィアの頭をよぎるが、結局は無意味な想像だ。

「さて、俺はこれにて退散するとしよう。馬に蹴られるのは趣味ではない」

「もうお帰りになるのですか」

「ああ。元々招待はされていなくてな。別件で呼び出されたついでに挨拶をしていただけだ」

別件、という言葉がわずかに引っかかる。

しかし問い詰める理由も権利も持ち合わせていない以上、黙って見送ることにする。

これ以上、この男に関わるのは危険でしかない。

「また縁があれば会うこともあるだろう。ゼーゼバン殿、サリヴィア嬢に振り落とされぬようにな」

「心配されなくても手綱を放す予定はありませんので」

「そうか」

何か勝手に通じ合われているのが腹立たしい。

ギリムは颯爽とした足どりで会場を出ていく。

周りのご婦人やご令嬢方がうっとりとした視線を投げかけていたが、気にも留めていない様子だ。

まるで嵐のように突然現れて去っていくのがあまりに彼らしい。

「サリィ」

呼ぶ声は変に甘く、サリヴィアは薄ら寒さを感じた。

後ろに隠されていた身体を引き寄せられ、耳に囁き込むように話しかけてくる。

触れそうに近い熱が耳朶をくすぐる。

誰かが寄り添いすぎな二人の姿を見咎めて声を上げた気がするが、他の誰も見ることは許さないと言いたげにウルドで視界が塞がれている。

「どういうことか説明をお願いしても？」

「……説明も何も、話の通りよ。わたくしの祖母が勝手に見つけてきた縁談のお相手だったのよ」

「それにしては親しげでしたが」

「知らないわ、そんなこと。あちらが勝手に寄ってきただけですわ」

「想い人、とは」

「……お断りするために言ったことです」

「それは誰？」

「……」

これ以上は問いただしてほしくない。

こんな形で思いを口にするのは絶対に嫌だ。

ギリムの掌の上で遊ばれるような形になるなんて悔しくて腹が立つとサリヴィアは瞳を吊り上げた。

「ウルド、わたくしたちは恋人でしょう？　そんなことを聞くのは野暮だわ」

今日は役目に徹しましょうと含ませて微笑を向ければ、ウルドの空気が少しだけ柔らかくなる。

「……そうでした。では、またあとでじっくり聞くとしよう」

身体に、とサリヴィアにだけ聞こえる甘い声で呟かれた。

爽やかで意地悪な瞳は、うっすらと毒を孕んだように蕩けていて、サリヴィアは心の底からギリムを憎んだ。

（アイツ本当に嫌い!!）

心の中でギリムを罵っていると、鈴の音が会場に響き渡った。

歓談していた人たちが口を閉ざし、一瞬の静寂が訪れる。

どうやら主催である公爵家や貴賓たちが壇上に揃ったらしい。

来ているかと思ったが王太子や他の王族の姿はない。代わりに国王の弟である大臣が主賓の位置でふんぞり返っている。

あまりよい噂を聞かない男だ。既にワインで顔を赤くしている。

「あれが公爵家嫡男のハイラム殿だよ」

ウルドが視線を向けた先にはくすんだ赤毛の青年がいた。

迫力や気品はヴェラルデには及ばないが、中性的な顔立ちをした少し垂れ目の優男。

女性にモテそうな雰囲気をしている。

そしてサリヴィアはまた思い出してしまった。

（攻略キャラクターだわ）

女たらしの放蕩貴族ハイラム。

出会うのも付き合うのも簡単だが、金遣いも悪く女遊びも激しいので、本命にするためには性根を叩きなおす必要がある、という設定だった。

本気になってからはとにかく甘く尽くしまくってくれるぞ！　という売り文句だったような気がしなくもないが、見た目も設定も好みではなく攻略サイトで情報をチェックすることすらしなかったので、最低限のことしかわからなかった。

（え？　どういうこと？　ヴェラルデの兄が攻略キャラクター⁇）

予想外の展開にサリヴィアは目を白黒させた。

これでゲームの登場キャラが四人。もう絶対に偶然ではない。

動揺しているサリヴィアに気がついていないウルドは、ハイラムの周りにいる人たちの役職や名前などを説明してくれているが、彼女の頭には一切入ってこない。

しかし、最後の一人を指さされた時、サリヴィアの思考は更に混乱を極めた。

「そしてあれが、ハイラム殿が今ご執心のご令嬢だ」

ハイラムの少し後ろに、ピンク色の髪と瞳をした、それはそれは可愛らしいご令嬢がぴったりと張りつくいている。

「確か、ルミール嬢、だったかな？」

「なっ」

（ヒロインじゃないの!!）

その姿形は間違いなくゲームのオープニング画面に描かれたヒロインそのもの。

おかげで、サリヴィアはようやくゲームのタイトルを思い出せた。

『花咲け令嬢～ルミールの下剋上物語～』

ヒロインであるルミールが現状を打破するために努力し、恋や出世を掴む物語だ。

（ってことは、ヒロインはハイラムルートを攻略したってこと？）

一番のお金持ちルートだったのは確かだ。

公開されていたスチルでは貢がれまくるヒロインの姿が描かれていた。

実際、未来の公爵であるハイラムと結婚すれば一生お金には困らないだろう。

情報過多で痛む頭をサリヴィアが抑えていると、ウルドが心配そうな顔をする。

「サリィ、どうした？　顔色が悪いが」

「なんでもないわ。ちょっと人の多さに疲れたのかも」

「何か飲み物をとってこようか」

「……ええ、お願いできるかしら」

ウルドにエスコートされ、サリヴィアは壁際の椅子に座った。

飲み物を探して会場へ向かったウルドを見送りながら、ハイラムとルミールの姿を目で追う。

まるで夫婦のようにぴったりと身を寄せて歩く二人。

しかしよく見れば、周りの招待客たちは少し冷ややかな視線を向けている。

ルミールの設定がゲーム通りなら、彼女は没落寸前の貧乏貴族令嬢。

次期公爵とお付き合いするにはたとえ火遊びの相手だとしてもあまりに不相応だ。

周りの視線が冷たいのも納得できる。

ゲームでだって、王太子と結ばれるためにはすべてのパラメーターを基準値より高くして、頭脳と行動力で国の政治に貢献し功績を立て、周囲から認められるという手順が必要だった。

おそらくハイラムルートでも同様だろう。

だが、ルミールの名前を貴族社会で聞いた記憶はない。

ここ最近、どこかのご令嬢が目立った功績を立てたという噂もだ。

つまり、ルミールはなんの実績もないままに、ただハイラムの恋人としてこの場に来ていることになる。浮いていても仕方ない。

ルミールはサリヴィアと同じように前世の記憶があり、ゲームを知っていてハイラムを選んだのだろうか。

それともすべてが偶然なのか。

サリヴィアは混乱する頭を軽く抑える。

「サリィ、大丈夫か？」

考えを巡らせている間に、冷たい飲み物を片手にウルドが戻ってきてくれた。

「ありがとうございます。少し休んだのでだいぶよくなりましたわ」

「すまない。やはり無理をさせたかな」

「いいえ、来てよかったと思っていますわ」

「本当に？」

「ええ」

素敵なドレスで並んで歩けるのも、恋人として扱われるのも本当に嬉しい。

この場で必要な役割とはいえ、それを素直に受け止められるのは幸せなことだ。

そして、ここが本当にあのゲームの内容に沿った世界だという確証も得られた。ギリムがこの場にいたのは偶然ではないのかもしれない。

壇上ではハイラムが開宴を告げる挨拶をしている。貴賓たちも一言ずつ挨拶をして、場の空気は和やかだ。

ダンスの準備のため、ホールの中心が大きくあけられ、楽器を抱えた演奏者たちが集まってくる。舞踏会のスタートだ。

「サリィ、私と踊っていただけますか？」

「……喜んで」

差し出されたウルドの手に己の手を預け、サリヴィアはエスコートされるままに会場の中心に進み、曲に合わせて滑るように踊り出す。

周りの視線が集まるのがわかる。

ウルドの黒い騎士装束と、サリヴィアの青いグラデーションドレスの組み合わせは幻想的だ。一見ゆったりとしたマーメイドラインに見えるドレスは、動くたびに重なったレースが浮き上がり、まるで花開いた薔薇のように広がってひらひらと揺れる。わずかに見える踵のガラス細工が照明に反射してキラキラと輝いていることだろう。

「皆、釘づけですわね」

「やっぱり断ればよかった」

「え？」

「みんながサリィを見ている」

「ウルド」

「あの男も、ああ言ったがきっとサリィを諦めてなどいない」

「サヴァル様のこと？」

「俺の腕の中で他の男の名前を呼ばないでくれ」

ウルドの頬がサリヴィアのこめかみに添えられる。

「ずっとこのまま、俺の腕の中に閉じ込めておきたい」

心臓が止まるかと思った。

絞り出すような、何かを願うような甘い声。

腰が抜けてステップを間違えそうになるのを、絶妙なリードで助けられる。

悔しいやら恥ずかしいやらでサリヴィアはウルドを睨みつけるが、青い瞳は蕩けそうなほど甘く優しくサリヴィアを見つめたままだ。

「サリィ。このままずっと、俺の恋人でいてくれる？」

なんてずるい言い回しだろうか。

（待つと言ってたくせに。ずるい）

サリヴィアだってこのままこれが本当になってしまえばいいと願っていた。

でも、まだ勇気が持てない。

ヒロインが現れて違う男の横にいるのを確認しているというのに。

なんと臆病でちっぽけなことだろうかと、サリヴィアは自分の未熟さを思い知らされた。

見つめる視線に耐えられなくてそっぽを向くように視線を逸らす。

ちょうどヴェラルデがハイラムと話している様子が目に入った。

タイミングを見計らったように曲が終わり、次の曲がはじまるまでの一瞬の空白。

ガチャンとガラスが割れる音が響いた。

「何？」

サリヴィアが身を固くすれば、寄り添っていたウルドがそれを庇うように身構える。

誰もが何事かと音のする方に視線を向けた。

「酷い、酷いですわヴェラルデさん!!」

耳障りな声で泣きわめいているのはルミールだ。大げさに怯えてハイラムの後ろに隠れている。床には散らばったグラスと赤いワインの染みができていた。

　それを挟んで対するヴェラルデの表情は大変険しい。

「さん？　……わたくしに対する口のきき方がなっていないようですわね、ルミール。それにぶつかってきたのはあなたではなくて？」

「ルミールに対してなんという口のきき方だ！　彼女は俺の妻になる女。お前にとっては義姉だぞ？」

「本当にそうなる予定だとしてもまだ婚約もしておりませんし、彼女は位を持たない下級貴族の娘。公爵家令嬢であるわたくしに礼を尽くすのは当然の礼儀でしょう」

　ヴェラルデの言葉はもっともだ。

　ルミールがハイラムと恋仲であっても、縦社会である貴族社会のルールは守らなければならない。

　周囲もヴェラルデの言い分が理解できるのか、ハイラムたちに非難めいた視線を向けている。

「お前はいつだって俺のやり方に口出しをする！　妹の分際で！」

「お兄様が頼りにならないから仕方ないではありませんか。どんな方と遊ぼうとご自由ですが、最低限のマナーも知らないような方を公爵家に招き入れるわけにはいきません」

「うるさい！」

　ハイラムの叫びに会場が水を打ったように静まり返る。

「ここに妹であるヴェラルデの勘当と、私とルミール嬢との婚約を宣言する‼」

ハイラムの高らかな声が会場中に響き渡り、動揺と共にざわめきが広がっていく。

（これ、よくある断罪イベントってやつ？）

乙女ゲームでは定番のイベントだ。

ヒロインを虐め陥れた悪役令嬢がヒーローや仲間たちによって断罪され、ヒロインとの絆を確かなものにするイベント。

ハイラムの言葉が確かなら、断罪相手は妹であるヴェラルデ。

（あのゲーム、ここまで手の込んだ展開があったの？）

もはやわけがわからない。

これがハイラムルートの展開だとしても、あまりに幼稚で雑な話だ。

不安になってウルドを見上げると、何故か口元に薄く笑みを浮かべている。

何が起きるのと問いかけようとした口元は指一本で塞がれた。

「お兄様、わたくしを勘当するとはどういう意味ですの？」

「どういう意味も何も、言葉通りだ。お前は公爵家にふさわしくない」

「あら。どうしてふさわしくないのかしら？」

「お前がこれまで公爵家の金を横領していたのは明白な事実！　吟遊詩人や騎士風情に入れあげて貢ぐなどみっともない」

「わたくしがいつ、誰に貢いだと？」

「平民に金や物資を渡していると報告が上げっている。相手は吟遊詩人だろう！」

「慈善活動の一環ですわ」

「なんだと？」

まるでその言葉を待っていたかのように、ヴェラルデの後ろに控えていた使用人が前に出る。受付にいた青年だ。

「ヴェラルデ様は以前から孤児院や教会へ寄付をされていらっしゃいます。吟遊詩人殿には子どもたちへの歌や旅の話をしていただく依頼をするために何度かお会いになっていますが、私や他の使用人も必ず同席しております。経費はすべてきちんと管理しておりますので、横領など不可能です」

「っ……!!」

ハイラムは反論されるとは思っていなかったのか、顔を青くして一歩後退した。

「あ、愛人である騎士を呼んでいるそうじゃないか！　どこだ、どこにいる？　そいつにも金を渡しているのだろう!!」

周囲の視線が一斉にウルドに向かう。

当然、その横にいるサリヴィアにも。

「愛人、とは私のことでしょうか？」

「他に誰がいる？」

ウルドはハイラムの醜く歪んだ糾弾など虫ほどにも気にしていない様子で爽やかな微笑

を浮かべている。

「残念ながら私には既に愛する人がおります。ヴェラルデ様には懇意にしておりましたが、あくまでも友人関係です。愛人などではありませんよ」

「ぐっ……」

愛する人、と言いながらサリヴィアの肩を強く抱くウルド。

周囲も、今日の二人をずっと見てきている。あの仲睦まじさは本物だと信じきっているようだった。

なるほど、自分の役目はこういうことだったのかとサリヴィアは納得した。

旗色が悪くなったことを感じ取ったのか、ハイラムの顔がますます青くなる。

後ろに隠れているルミールも不安げな表情だ。

「お、お前が公爵家の権力を使ってあちこちで贅沢品を買い漁っている件はどうだ！　支払いを渋って、我が公爵家の品位を下げているのだぞ！」

「贅沢品、ねぇ」

ヴェラルデが大げさなため息を吐き出した。

そして、後ろに控えていたジュリエッテから紙の束を受け取っている。

まさかここで彼女が動くとは思っていなかったサリヴィアが目を丸くしていると、それに気がついたらしいジュリエッテがどこか自慢げに微笑む。

「これはわたくしが調べさせた公爵家の名前での借金や、納品したのに支払いがされていない品物のリストですわ」

「なっ!!」

「計算が得意なお友達を紹介して債務整理などのお手伝いをしてさしあげたら、皆さまどこもお困りだったようで進んで情報をくださったわ」

　計算が得意なお友達とはジュリエッテのことなのだろう。

　ヴェラルデの言葉に頬を高揚させ嬉しそうに微笑んでいる。

　なるほど、女性が賢くあることが求められないこの時代で計算ごとが趣味と言うのは爪弾きにされる理由になるのかもしれない。

　極めたかった自分の好きなことを、ジュリエッテはヴェラルデに認められたのだ。

　心酔する理由がわかる。

　そして、その才能を見抜き、活用したヴェラルデはやはり侮れない。

　リストをめくりながら、ヴェラルデは残念な生き物を見るような視線をハイラムに向けている。

「こんな低俗な品々、わたくしが欲しがると本気でおもっておいで？　それにこんなはした金をあちこちからお借りして。いったい何にお使いになったの？」

「お、お前がっ！　ど、どこかの男に貢いでいるのだろう！」

「またそれですの？　ではいったい誰に貢いでいるのか教えてくださいませ」

「そんなこと俺が知るわけないだろう！」

「わたくしは知っていますのよ、お兄様」

びくりとハイラムの肩が震える。顔色は青を通り越して紙のように白い。女好きする優男の影も形もない。

「別邸を購入したことも、そこの家財一式をわたくしの名前で購入したことも。遊興費を借金だけでなく公爵家の財産から持ち出したことも」

「な、なんのことだ……」

「このリストの一番上にあるドレス、ピンク一色なんて大変目立つデザインだわ。ねぇ、ルミール」

「ひっ⁉」

ルミールが怯えて後ずさる。彼女が着ているのは子どもが喜ぶようなふわふわとした明るいピンクだった。

「あなたが身に付けているネックレスもイヤリングもリストにあるわ」

「こ、これはハイラム様が」

「兄が勝手に与えたものだと？」

「え、ええ」

「ではその靴は？　店に押しかけて、他のご令嬢が注文していた品だったというのに無理やりごねて奪い取っていった令嬢はピンクの髪と瞳だったそうよ」

「それは」

「靴以外にも、あなたらしきご令嬢が公爵家の名をかたって商品を勝手に持ち帰ったとの被害が多数確認されていましてよ」

瞳いっぱいに涙をため、助けを求めるようにおろおろと周囲を見回すが、誰もが冷ややかな視線を向けるだけで近寄ろうともしない。

頼りのハイラムは生気を抜かれたように立ち尽くして、必死に揺さぶるルミールに反応もしない。

（外野から見る断罪イベントというのは、なるほど楽しい見世物だわ）

前世で遊んだゲームでは、断罪イベントをヒロイン目線でいくつも楽しんだ。

だが、こんな形で見られるとは思っていなかった。

ウルドはこのことを知っていたのだろうかと視線を上げれば、悪戯っぽい笑みが向けられている。

どうやら、まだ何かあるらしい。

「それとお兄様。帳簿を確認していましたら不自然なお金の出入りがありましてね」

「なに、を」

「お兄様、そこにいる大臣と組んで密輸をしていますわね」

「なっ⁉」

会場が一気にざわめく。

「ブドウの不作など真っ赤な嘘！　北の帝国に関税をかけずに輸出して不当な利益をお二

人で貪っていたこと、既に調べは付いていましてよ‼」

「そんな馬鹿な‼」

「わ、わしを巻き込むな？　何も知らん！　知らんぞ‼」

まさか火の粉が降りかかるとは思っていなかったのであろう大臣が、貴賓席から立ち上がり、酒で赤くなっていた顔を赤黒くさせ口から泡を飛ばし叫んでいる。

「辺境伯からもご報告がありましたのよ。国境付近で我が公爵家のワインを運ぶ不審な者たちを捕らえたところ、不自然な交易許可証を持っていたとか」

「……？」

「調べたところ、それは国の許可なく作られた偽造品。どうやらそこの大臣が作らせた物と判明しましたわ」

なるほど。

ギリムの用事とはこのことだったのか。

「冷戦状態の敵国に我が国の特産品を密輸し私腹を肥やす行為、反逆の疑いありと取られてもおかしくありませんね」

「うわぁぁぁぁ‼」

突然、雄叫びを上げたハイラムが会場から逃げるように走りだす。

しかし、そのタイミングを見計らったかのように入口と言う入口から兵士や騎士たちがなだれ込んできた。

「ハイラム・ギジュエスタ！　反逆行為と密輸の疑いで捕縛する！」

「な、なんでこんなに早く……」

「お兄様がこの場でわたくしを身代わりにしようとしていたことぐらい見抜いておりましたわ。わたくし、負け戦は嫌いなのです」

　優雅に微笑むヴェラルデに賞賛の拍手を送りたい気持ちだ。

　こんなにすがすがしい断罪シーンを見られただけでも幸運だろう。

「無様ですこと」

　もはや息も絶え絶えなハイラムに追い打ちを掛けるように、口元に掌を当てたヴェラルデがお手本のような高笑いを会場に響き渡らせた。

　圧巻である。

　もう完璧なる悪役令嬢。

　いや、悪役ではないのだけれど。

　思わず平伏したくなるような迫力。

「大臣もだ！　捕らえろ!!」

「触れるな！　無礼者！　わしは国王の弟だぞ!!　離せ!!」

「国王陛下の許可は既に得ております！　観念なさい!!」

　ヴェラルデの迫力に、大臣は潰された蛙のような声を上げて座り込んでしまった。

　ウルドはこのことを知っていたのだろう。

忙しかったのは真実を調べていたから。

公爵家の個人的な借金や横領で国は動かないが、敵国への密輸となれば話は別だ。

「ね、面白いものが見られたでしょう？」

悪戯が成功した子どものように笑うウルドに、サリヴィアは恨みがましい視線を向ける。

「たったこれだけの役割にわたくしを使ったの？」

「ほんの少しでも相手に隙を与えたくないとの提案だったのでね」

「だとしても、ウルドが参加しないとか、他にやりようはあったでしょうに」

「私はこう見えて隊長だからね。この場にいないのは少しまずいんだ」

「参加はお役目というわけですか」

「……最後まで反対したんだよ。これだけの騒ぎだ。相手がどう出るか予想できない以上、サリィが巻き込まれる可能性だってあった」

だから守ると言っていたのかと納得する。

肩を抱く手の温かが心地よくて、本当に大切にされているのだとサリヴィアは痛いほどに理解できた。

「それに、サリィを堂々と恋人として触れ回るよい機会だからね。これで既成事実はできたも同然だ」

前言撤回。

やっぱりこいつ腹黒騎士だ。

「それが本音ですね」

「この場で恋人宣言をしたからにはもう逃げられないよ」

「……!!」

「今日までサリィに会うのを我慢していた甲斐があったよ」

そう微笑むウルドは憎らしいほどに美しい顔をしていた。

「サリィも寂しかったろう?」

周りの目があるので暴れることも罵ることもできないのが悔しくてたまらない。

でも、もう逃げられないとわかってしまうと、安堵してしまったのも事実。

外堀は埋められた。なら仕方ないじゃないか、と。

「寂しかったわよ！　恋人というならわたくしをもっと大切になさい！」

そう叫んだサリヴィアにウルドは嬉しそうに微笑みかける。

そうこうしている間にハイラムと大臣はすんなりとお縄についた。

「サリィ。少しだけ後始末をしてくるよ」

ウルドも一応は騎士だ。役目もあるのだろう。

絶対にこの場を動かないようにとサリヴィアに言い聞かせ、足早にヴェラルデたちの方へ向かって言った。

断罪イベントの余韻でざわつく会場を眺めていたサリヴィアは、この場にルミールの姿がないことに気がつく。

ハイラムや大臣は取り押さえられているというのに。

既にどこかに連れ出されたにしても不自然だ。

（もしかして逃げた？）

周囲も男たちの捕り物劇に夢中で、彼女が逃げ出す可能性に気がついていないのだろう。

急いで会場を見回せば、ドアから出ていく派手なピンクのひらひらが見えた。

部下らしき騎士と話をしているウルドを呼ぶ暇さえ惜しく、サリヴィアは考えるよりも先にそのピンクが消えた先へ走り出していた。

「お待ちなさい!!」

もたもたと走るピンク色の背中に呼びかける。

恐怖で足がもつれたのか無様に倒れ込んだルミールに足早に駆け寄れば泣きはらした顔をした惨めな姿の少女がそこにいた。

「自分が愛した男を置いて逃げるなんて最低ですわね」

「う、うるさいわね！　別に愛してなんかいないわよ！　お金があったから近寄っただけじゃない！　私は悪くないわ!!」

身勝手すぎる発言に思わずひいてしまう。

ゲームの中のヒロインは天然で礼儀を知らないところはあったが、ひたむきで何事にも真剣だった。

上昇志向が強かったはずなのに、このルミールにはそんな様子は微塵(みじん)もない。

こんな薄っぺらい小娘などではなかったはずだ。

「だいたい、なんで没キャラのあんたがここにいるのよ！　しかもウルド様の恋人だなんて！　友人キャラなら協力しなさいよ！　今更現れてなんなのよ！」

「は？」

（ボツ？　没キャラって言った？）

その瞬間、サリヴィアの最後の記憶が花開いた。

『ヒロインの友人でツンデレな伯爵令嬢』

あのゲームを手に取るきっかけになったイメージ図にいた女の子。小柄で可愛いのにどこか気が強そうなその存在が、前世の自分は酷く好ましく思えた。

だが、非情なことに彼女はゲームには実装されなかった。

いわゆる『没キャラ』になってしまったのだ。

（え、私、没？　没にされたキャラだったの？）

混乱するサリヴィアにルミールが詰め寄ってくる。

「しかもギリム様とまで仲良くして！　するい！　ずるいわ！」

「……あなた、もしかしてゲームの記憶があるの？」

「ゲーム、ってまさかあんたも⁉」

ルミールもまた前世の記憶があり、あのゲームを遊んだ一人だったのだ。

自分以外に前世持ちがいる可能性は考えてはいたが、まさかヒロイン張本人とは思っていなかった。

　驚きに目を見開いた二人はしばし見つめ合う。

　先に口を開いたのはルミールだった。

「なんで没キャラのあんたがここにいるの！」

「そんなの私が知りたいわよ！」

　ようやく自分の正体を知れたというのに、それがまさかイメージ図だけで終わった没キャラだったなんて簡単には受け入れられない。

　定型のヒロインよりも、この子がヒロインのゲームを遊んでみたい。そんな風に考えた記憶はあるが、まさかそのキャラクターに転生するなんてありなのだろうか。

「本当だったら私の親友だったくせに、どうしてウルド様とくっついてるのよ！」

　激高したルミールに急に胸を押され、サリヴィアはよろめく。

　睨みつけてくる瞳は怒りに染まっており、可憐な雰囲気は欠片もない。

「本当はウルド様ルートを攻略したかったのに会えないし、王子様は婚約者と結婚寸前だし、唯一会えたハイラムしか私のこと好きになってくれなかったんだもん‼」

「あなた……」

「パラメーター上げなんてやってられないわ！　貧乏なのは嫌なの！　ゲームの通りなら私はヒロインで誰かと必ず幸せになれるはずでしょう⁉」

「なんですって？」

身勝手な言い分にサリヴィアは思わずルミールを睨みつける。

「あのゲームはすべきことをしないと誰とも恋仲にすらなれなかったはずでしょう？　忘れたの？」

「ゲームは選ぶだけでよかった！　本当に掃除や料理したりなんてできないもん!!」

ルミールの言い分は、まるで子どもの癇癪だ。

「ハイラム様のことは好きだったのでしょう？」

「あんな顔だけの優男タイプじゃない！　私はもっとキリッとした顔が好きなの！」

その点には大いに同意するが、論点はそこでないとサリヴィアは首を振った。

「ハイラム様はあなたに骨抜きのようだったけれど？」

「ゲームの情報を覚えていたから、好きな物とか過去のトラウマとかで釣ったら簡単だったわよ、あのマザコン!!」

ハイラムにも色々抱えているものがあったようで、そこをヒロインとしての知識があったルミールに付け込まれたのだろう。

「お金には苦労させないって言うから好きにさせてもらっただけよ！　私は何も悪いことなんてしてない!!　密輸とか反逆とか本当に知らなかったんだもん!!」

パシン！　とサリヴィアはルミールの柔らかな頬を思いきり叩く。

ルミールは信じられないものを見るようにサリヴィアを見つめ、頬を押さえて固まった。

「さっきからキャンキャンとできないだの悪くないだの！　子どもじゃないんだから自分

のしたことぐらいちゃんと受け止めなさい!!」

「い、痛い……」

「生きているんだから痛いに決まっているでしょう！　まさかゲームみたいにみんなが思い通りに動いてくれるとおもっているの？」

「だって、だって私」

「だってじゃない！　しゃんとしなさい!!」

「ヒッ……!!」

ぽろぽろと大粒の涙を流したルミールはその場にへなへなと座り込むと、幼子のようにしゃくりあげて泣き出した。

「だって、だってこんなの私が知っている世界じゃないもん。よくわからないことばかりで、もういやだ」

悲痛な叫びに、サリヴィアは彼女の立場をようやく理解した。

サリヴィアだって前世を思い出した時は混乱した。生活様式も価値観も何もかも違うこの世界で、日本人として生きた記憶があるのがどれほど辛いことか。

しかもルミールは貴族とは名ばかりの家に生まれてしまった。貴族として生まれたサリヴィアとは生活の質が違ったに違いない。

慣れない日々の中で、自分はヒロインだという記憶だけが支えだったとしたら。

「ヒロインなら、幸せになる権利はあるはずでしょう。なんで駄目なのよ。なんで……」

うずくまってしまったルミールの小さな背中は震えていた。

サリヴィアはそれに寄り添うように座ると、その背中を優しくさすってやる。

ルミールはサリヴィアを見上げ、顔をぐしゃぐしゃにして泣きわめく。

「なんで没キャラなのに前世の記憶まであるのよ！　ずるいわ！　ずるいわよ！　ウルド様を攻略までして!!」

「してないわよ。むしろされているのはこっちの方よ」

「意味わかんない！　ずるい！　ヴェラルデだって悪役令嬢の癖に！」

やっぱりヴェラルデは悪役令嬢らしい。

あまりにらしくて、サリヴィアは少し笑ってしまった。

「泣いていたって状況は何も変わらなくってよ。ゲームの知識があるなら、もっと他にできることはあったでしょうに」

「……難しいことはわかんないもん」

「あなた、あちらではいくつで死んだの？」

「たぶん、十二歳」

「それは……」

まだ子どもではないか。

強制的に大人になることを強いられるこの世界とは違い、あちらではまだ大人から庇護されるべき年齢だ。甘えた考えがあっても仕方がないのかもしれない。

「……今の年齢は？　前世の記憶を思い出したのはいつ？」

「もうすぐ、十六歳。思い出したのは、十二歳のとき……」

「そう……なら、もう本当はわかっているんでしょう？　何もかもがゲームの通りにならないことくらい」

ゲームのように素敵な男性と恋ができると信じたかった気持ちはわからなくもない。

それだけを頼りに生きてきたルミールは、大人になることを拒否してしまっていたのかもしれない。辛い現実を認めたくないあまりに、間違えた。

持っていた知識を正しく使えていれば、こんなことにはならなかっただろう。

「大丈夫。まだやり直せるわ。ヴェラルデ様はあなたが考えているよりも優しい方よ。本当に悪事に加担していないのなら、助けてくださるはずよ」

「……ほんとう？」

ルミールは何かを考えるようにしばらく黙ったあと、小さく頷いた。

子どもは間違える生き物だ。子どもの過ちを正してやるのは大人の務めでもある。

前世のよしみで助けてあげようとサリヴィアは優しく微笑んだ。

ルミールの身体を支えながら立ち上がらせ、一緒に会場に戻る。

招待客たちは先ほどの出来事に興奮冷めやらぬ様子で語り合っていた。

入口付近にいた兵士に声をかけ、サリヴィアはルミールを託した。

ルミールは不安そうに何度も振り返るが、サリヴィアが大丈夫だからと声をかけると、おとなしく兵士に付いていったのだった。

「でもまさか、没キャラとはね」

拍子抜けした気分だった。そして同時に安堵していた。

自分が誰なのがわかった瞬間、ゲームの補正が掛かって気持ちや行動が変化したらどうしようという恐怖がずっと心の中にあった。

ウルドを諦めることになったらどうしよう、と。

（会いたいわ）

顔を見て、ちゃんと好きだと伝えたい。もう何に怯える必要なんてないのだ。

恋しい姿を探すが、人の多さで見つけられない。

誰かに聞くべきかと迷っていると、何者かに強い力で腕を掴まれた。

「久しぶりですね、ご令嬢」

酒臭い息をした青年が、好色な目で見下ろしていた。手袋に包まれた無骨な手が、素肌に食い込む。ぞわりと背中が粟立った。

「どなたですの？　許可も得ずにわたくしに触れないでくださらない？」

サリヴィアのきつい口調に、青年は顔をしかめると握っている腕に更に力を込める。

「お忘れかな？　あんなに酷く俺の足を踏みつけておきながら」

「わたくし、これまでに踏んだ男の足の数を覚えておく趣味はございませんの」

「なんだと」

青年の声にドス黒さが混じる。

サリヴィアを見つめる瞳には苛立ちが滲んでいた。

おそらくどこかの夜会でダンスを踊ったか喋った程度の相手だろう。

足を踏んだのならダンスかもしれない。

どちらにせよ、サリヴィアが手や足を出した相手は不埒な下種ばかり。覚えていなくても仕方がない。

「本当に俺を覚えていないのか？」

「ええまったく」

「……じゃあ今度は忘れられないようにしてやるよ」

「きゃっ⁉」

乱暴に腕を引かれ、引きずられるように歩かされる。

叫ぼうとした口元は酒臭い乾いた掌で塞がれてしまい、逃げ出そうにもヒールが少し高いせいでうまく相手を蹴り上げることもできない。

ざわめきが収まらない会場の端にいる青年とサリヴィアに気がつく者はおらず、そのまま力ずくで休憩用に備え付けられている小部屋に引きずり込まれてしまった。

（ああ、腹が立つ！）

非力な自分に泣きたくなったが、意地でも涙は見せるものかと唇を嚙み締める。

「可愛い見た目をしているから騙されたぜ。あの日、もう騎士とデキてたんだろ？　だから俺を振ったんだな。コケにしやがって!!」

「だから、わたくしはあなたなんて知りません」

「踊っただろうが！　俺と!!」

思い出してもらえないことに苛立ち、青年が声を荒らげる。

酒臭い息と赤い顔でかなり酔っているのがわかった。

「今日こそはよい女を引っ掻けようとしたのに、こんな騒ぎになって。そしたらまたお前がいて、ちくしょう」

どうやら完全に八つ当たりのようだ。

「そんなことわたくしの知ったことでなくってよ」

「うるさい！　お前のせいだ！　責任を取れ！」

「なにを」

するの、と叫ぶ前にスカートのレース部分を掴んで強く引っ張られる。

ビリッと乾いた音が響く。

「やめて!!」

ウルドが用立ててくれたせっかくのドレスなのに。

ダンスだってまだ一度しか踊っていない。

「ようやく女らしい顔になったじゃないか」

悲鳴に嗜虐心が刺激されたのか、青年が嬉しそうに舌なめずりをした。

スカートから手を離すと、サリヴィアの身体を突き飛ばし、部屋の中央にあった長椅子へと無理やり座らせる。

「ほら、泣けよ。泣けば優しくしてやるぞ」

「嫌よ。絶対にあなたなんかのいうことを聞くものですか」

「生意気だな」

服のボタンを緩めながらのしかかってくる青年の身体は酒臭い。首筋を撫でる手は荒れていてざらざらしているうえに、力加減などまるでない。

ウルドとは何もかも違う。どれほど自分が大切に扱われていたのかを思い知る。

悔しさで涙が滲んだ。

またここでも他人の欲望に心を踏みつぶされなければならないのか。

こんなことなら、もっとはやく全部ウルドのものになっておけばよかった。

「っ……たすけて!!　ウルド!!」

「へへっ、無駄だっての……ガッ……!?」

好色にぎらついた顔をしてサリヴィアにのしかかっていた青年が突然浮き上がると、後方に吹っ飛んで行った。

呆然とするサリヴィアの視界が何かに覆われ、そのまま抱きしめられる。

馴染む体温と匂いに、眦に溜まっていた涙が零れて頬を濡らした。

「サリィ!　大丈夫か」

名前を呼ぶ必死な声と背中を撫でる優しい手つき。

こわばっていた気持ちが動き出す。

「ウルド、ウルド」

涙交じりの声で名前を呼んで、サリヴィアは絶対に離れないとその胸にすがりついた。

「急にいなくなったから探してたんだ。クソッ！　目を離すんじゃなかった」

「ちがうの。わたくしが悪いの」

ごめんなさい、と小さく謝れば抱きしめる力が強くなる。

たくさん伝えたいことがあるのに、唇が震えて言葉が出てこない。

「貴様っ、よくも」

「ひっいいっ」

地を這うようなウルドの声に、青年が情けない悲鳴を上げた。

「彼女に何をした」

「いや、その、少し話をしたくて……」

「話？　ドレスを破いて泣かせるのが貴様の話しかけ方なのか」

「それは、その」

「どうやら命が惜しくないようだ」

「ひぃぃぃ」

サリヴィアを腕から離したウルドは青年を睨みつけ、腰の剣に手を伸ばす。

サリヴィアは慌ててその腕にしがみつき、抜刀を止めさせる。このままでは青年を殺しかねない。ウルドのためにも自分の名誉のためにもそれは避けたい。

「駄目！　ウルド」

「離してサリィ。でなければこいつを殺せない」

「殺しちゃ駄目！　落ち着いて！」

「君を傷つけたんだ。命で償うしかないだろう」

「こんなゴミ屑の命で償ってもらっても嬉しくないわ！　剣を汚さないで‼」

サリヴィアがウルドにしがみついている間に、青年は文字通り転がるように部屋を飛び出していった。最後までなんで無様な姿だろう。

顔は覚えた。このままで済むと思うなと閉じた扉越しに睨みつけておく。

静まり返った室内で、サリヴィアはウルドの腕をそっと解放する。

見上げたウルドの顔は、今にも泣きそうに歪んでいた。

申し訳なさと愛しさがない交ぜになって、胸が痛いほどに締め付けられる。

「ごめんなさい」

「それは、何に対する謝罪？」

「色々です……勝手にいなくなったこととか、せっかくいただいたドレスを汚してしまったこととか、……他の男に触られたこと、とか」

「俺を心配させたことは？」

「本当にごめんなさい」

ウルドの手がサリヴィアの肩を摑み、優しく引き寄せられる。

「無事でよかった」

壊れ物を扱うように腕の中に抱きしめられれば、目の奥がつんと痛んだ。

「ごめんなさい」

心配をかけて。約束を破って。素直になれなくて。

助けに来てくれたことが嬉しくて、触れてくる温かさが心地よくて、サリヴィアはいつの間にか泣いていた。

「好きよ、ウルド。大好き」

ようやく口にできた己の言葉にすら、涙が溢れる。

背中に回されていた腕が緩み、ウルドの指が顎に添えられた。

ゆっくりと顔を上げれば、息が掛かるほどに近くにウルドの顔があった。

考えるまでもなく、目を閉じつま先を立てて自分からキスをねだった。

「んぅ」

優しく重なった唇の隙間から舌が入り込んでくる。

最初は優しく、だんだんと遠慮を失って口の中を余すことなく味わわれる。

上顎を舌先で撫でられると、はしたなくも甘ったるい声が鼻から抜けた。

名残惜しげに離れた唇で、お互い長い呼吸をして見つめ合う。

抱き上げられて、長椅子に座りなおさせられた。

床に膝をついたウルドが甘えるように膝に頭を乗せてくる。キラキラとした金の髪を優しく撫でれば、ぐずるような唸り声がスカートごしに肌をくすぐった。

「サリィの姿が見えなくなって、心配でどうにかなってしまいそうだった」

「ごめんなさい」

「やっと見つけたと思ったら、こんな姿で」

「……ごめんなさい」

「このドレスは俺が破くと決めていたのに」

「………………ごめんなさい？」

最後の発言はいささか不穏だが、とりあえず謝っておく。

ぐりぐりと甘えるように膝と腹部に頭を埋めていたウルドのたくましい腕がサリヴィアの腰に回り、強くその身体を抱きしめてきた。

「サリィ、愛してる。どこにもいかないで。ずっと俺の傍にいて」

絞り出すような愛の告白に、胸の奥が焼け付くように痛む。

「君の視線も言葉も指先の動きひとつだって他の誰にも見せたくないし、渡したくない」

「……ウルド」

愛しさで胸がいっぱいになる。

こんなに素直な言葉を向けてもらえるなんて考えてもいなかった。

のろのろと顔を上げたウルドの目元はうっすら赤らんでおり、らしくないことを言ったことを恥じているようだった。

腰を抱いている腕が這い上がって肩や首筋を撫でてくる。

手袋をしたままなのに嫌悪感は湧いてこない。

「サリィが俺のものだという証がほしい」

低く囁かれる声に身体がふるりと震えた。

「いい？」

「……ここじゃ、いや」

色々な意味でここが初めての場所になるなんて嫌だと唇を尖らせれば、ウルドは勢いよく立ち上がり、サリヴィアを抱き上げる。

「きゃっ⁉」

「帰ろう」

あまりに性急で素直すぎる行動に、サリヴィアはウルドの首に腕を回しながら思わず笑い声を上げてしまった。

抱えられたまま会場を横切り馬車に乗り込むのは少し恥ずかしかったが、もうここまで来たらそんなことはどうでもよかった。

屋敷に帰る馬車の中で、唇が痛くなるほどにキスを繰り返した。

ウルドに抱えられたまま帰宅したサリヴィアの姿にメイドたちは驚いていたが、二人の雰囲気にすべてを察し、手際よく部屋へと案内してくれた。

二人で何度も過ごしているが、ベッドに並んで座るのは初めてだった。

「いい？」

まるでやり直すように問われ、嫌だなんて言えるはずがない。小さく頷けば、ゆっくりとベッドに押し倒された。

破れてしまったのはスカートの一番上の繊細なレース部分のようで、ウルドは何度も名残惜しげにその部分を撫でている。

ドレスで隠せていない首筋と鎖骨を唇で撫で、舌先でくすぐるように舐めていく。

「んんっ」

いつもより熱が回るのが早い気がする。

触れられた箇所が熱くて溶けてしまいそうだ。

背中で絞られていたドレスのリボンが緩められ、コルセットが器用な手つきでずり下ろされると、押さえつけられていた小さな胸が空気にさらされる。

既につんと硬さをもって天井を向いていた乳首が恥ずかしくて目を伏せる。

「期待してる？」

「ちがっ」

「ほら、触って欲しそうだ。それとも舐めてほしい？」

「やだぁ……」

意地悪な声で聞かれても、どちらがいいなんて口にできるはずがない。

焦らすように掌が首筋から乳房に向かって撫でおろされ指先で胸の形を確かめるように輪郭部分を何度も撫でまわされる。

薄く色づいた乳輪の周りを爪でくるくると引っ掻くようになぞられると勝手に背中が浮き上がった。

「選べないなら、どっちもあげよう」

「ひぃん！」

ちゅうっとわざとらしい音を立てて右の乳首に吸い付かれる。

赤子が母を求めるように乳輪ごと咥え込まれて強く吸い上げられると、胸の奥だけでなく腰の奥が湿っぽい熱を帯びていく。

選ばれなかった左の乳首は指先で潰されたり擦られたりと弄ばれる。

先端の弱い部分を爪で抉られると、衝撃が突き抜け、目の奥で星が弾けた。

「あっんんぁあっ」

抑えることもできずに、背中を逸らして甘く喘いでしまう。

ウルドはそんなサリヴィアの反応を楽しむように、乳首を前歯で柔らかく噛んだり舌の腹で押しつぶしたりと巧みに愛撫を変えどんどんと追い詰めてくる。

一瞬、ウルドの顔が浮いて吸われていた乳首に冷たい外気が触れた。

もう終わったのかと身体の力を抜くが、今度は左の乳首が同じように口虐されることになっただけだった。

　さんざん吸われ舐められ、呼吸すらまともにできなくなって、ようやく乳房は解放された。

　荒い呼吸に上下する乳首はぷっくりと苺色に膨れ上がりいやらしく濡れている。

「サリィ、足を開いて」

「……ん」

　ぼやけた頭できちんと考えられず、言われるままに足を広げれば、スカートがまくり上げられ、足の間にウルドの頭が滑りこんできた。

　ドレスのラインに響くからと、薄い下着だけを身に付けた下肢が空気にさらされて少し肌寒い。無防備な素肌の太股にウルドの頬が触れる。

　一瞬、ぞわっと快楽以外の感覚が湧きあがりかけるが、眩暈がするほど心地いい体温はウルド以外の誰でもない。

　そう思ったらあのまとわりつくような恐怖心や嫌悪感は一気に消し飛んでしまう。

　サリヴィアの身体が拒んでいないことに気がついたらしいウルドは、太股の裏側を撫でまわすように手を這わせ、大きく足が開かせた。

「やぁ、あっ」

　一番奥にたどり着いたウルドの指先で下着がずらされ、敏感な部分に温かな吐息がかかる。

「濡れてる」

嬉しそうな声に羞恥で思考が焼き切れそうだ。

サリヴィアは足を閉じようともがくが、太股を開く形で固定してくる手の力が強くてびくともない。

「だめっ、ひっぃぃッ……あっ」

細やかな動きで形を確かめているのは指先だろう。

濡れた割れ目を確かめるように何度も撫でられて切なさに腰が震える。

爪の先で敏感な突起を引っ掻くように虐められて、甘い声が止まらない。

恥ずかしさにサリヴィアが口を押さえれば、ウルドが小さく笑う。

「かわいい声、もっときかせて」

「やだ、そこで、しゃべらないでぇ」

吐息までもが敏感な場所を刺激する。

指先が何度も割れ目をなぞり、突起を弾いて摘まみ、震える入口をくすぐるように動いている。

決定的な刺激は与えられず、生殺しのような攻めに呼吸が乱れる。

「サリィのここ、甘くてとてもおいしそうだ。食べてしまいたい」

「駄目、そんなの駄目」

「この状況で駄目と言われたら、したくなるのが男心さ」

指とは違う熱くて柔らかいものが一番弱い部分に触れた。

「ヒッ」

呼吸を忘れるくらいの強い刺激に腰が浮き上がる。

逃げることは許さないというようにウルドの腕が腰を摑んで離さない。

音を立てて何度も割れ目を舐めあげられる。

舌先が入口の浅い部分に入り込んで、そこを広げるように蠢いた。

「やだ、やだっ」

幼子のようにいやいやと鳴く自分の声が甘ったるくて、これではもっとと言っているようなものだとサリヴィアは羞恥で思考が焦げそうだった。

何かにしがみつきたくて、ウルドの頭に手を伸ばして、さらさらとした金の髪を指でまさぐりすがりつく。

「かわいいサリィ」

うっとりと名前を呼ばれ背中が震えた。

突起を齧るように前歯で擦られて、腰の奥がじゅくじゅくと痛いくらいに疼く。

温かく汗ばんだ掌が太股や腰を撫でまわす。

それがすべてウルドの仕業だとわかっているから、恐怖も嫌悪感もない。

突起や足の付け根を舌先でくすぐるようになぞられて、指の腹が割れ目を撫で広げるように動いた。

緩んだ入口に指先が押し当てられ、ゆっくりと入り込んでくる。

最初は一本、もどかしいほどにじっくり時間をかけて押し込まれ、異物を押し返そうとする本能的な抵抗がなくなるまで中に居座り、馴染んだところで二本目が入ってくる。

「や、やだぁぁ」

生殺しのような行為の苦しさともどかしさで、サリヴィアはウルドを求めるように髪に絡めた指に力を込めた。

入り込んだ二本の指は入口を広げるように開いたり閉じたりを繰り返しながら、緩やかに抽挿をはじめる。奥の柔らかい部分を抉るように動かれると、腰が浮いて口から涎が零れてしまう。

その間にもウルドの舌はぷっくりと充血した突起を舐めしゃぶり続けている。二カ所を同時に攻め立てられ、サリヴィアは仔猫のような声を上げ身体をくねらせた。

粘着質な水音をたてながら指が根元まで挿し込まれると、足に勝手に力が入ってつま先がぴん、と伸びる。

「ウルド、もうっ」

目の奥がちかちかして焦点が定まらない。

細かく震える足に気がついたウルドが意地悪く笑った気がした。

「サリィ、愛しているよ。絶対に逃がさないからね」

痛いくらいに花芯を吸い上げられ、サリヴィアは初めての絶頂に言葉にならない嬌声を上げ、そのまま意識を手放した。

＊＊＊

目を覚ますと、そこは身体に馴染んだベッドの上だった。

カーテンから差し込む薄い光に朝が来ていることを悟り、サリヴィアは身体を起こす。

この状況は二度目だから今度こそ本当にあれは夢かと期待したが、部屋の隅にはあの可愛らしいドレスが掛けられているのでやはり現実なのだろう。

せっかくの素晴らしいドレスなのに少し汚れているし破けた箇所が不憫だ。マダムが卒倒しそうだが、修繕に出すしかないだろう。

ウルドはどこだろうと視線を彷徨わせるが、室内にはサリヴィア一人だ。

ぼんやりと昨夜の出来事を思い出すし、サリヴィアは顔を赤くする。

さんざん恥ずかしいことをされてしまった。

ゲームでもここまでのイベント重複はしないだろう。悪役令嬢の登場かと思いきや断罪イベントははじまるし、ギリムとも再会してしまった。ハイラムは攻略キャラの割には弱いし、ヒロインであるルミールは転生者で中身は子ども。

そして自分の正体は没キャラだった。

あらゆることがあまりに同時に起こりすぎて、感情が大渋滞している。

だが、どこか満たされていた。ウルドにさんざん触れられた身体はまだ痺れていて、心地よい倦怠感に包まれている。

愛し、愛されているという事実はここまで人を変えるなんて、知らなかった。

ぼんやりしていると、控えめなノック音によって現実に引き戻される。

メイドだろうと入室を許す返事をすれば、ゆっくりと扉が開く。

その隙間から顔を出したのはウルドだった。

「ウルド？」

入室してきた彼の頬が腫れていることに気がついたサリヴィアは悲鳴を上げた。

美しい顔だけに、その跡は生々しく目立っている。

「ど、どうしましたの、その顔は⁉」

「レアントに殴られた」

「お兄様に？」

あの温厚なレアントが人を殴るとは想像ができない。

「俺が目を離した隙に君が襲われたかけたことを報告したら、殺されかけたよ」

「……お兄様ったら。あなたもどうして素直に話すのよ」

「嘘をつきたくなかったからだ」

「ウルド……」

「それに、誰かに殴ってほしかった」

赤くなった頬を撫でながらどこか嬉しそうに笑う姿に、サリヴィアは何も言えなくなってしまう。

「殴られて気が済みました？」

「ああ。それと、君と正式に交際することになったことも説明してきた。サリヴィアを心から愛してると。生涯を掛けて守ると誓ってきたよ」

うそ、動いた唇を読んだらしいウルドが、悪戯っぽい笑みを浮かべる。

「昨晩さんざん愛し合ったじゃないか」

「ちが、そうじゃなくて……」

恥ずかしさにシーツに顔を埋めれば、ベッドがきしむ音がした。近づいてくる体温にウルドが腰を下ろしたのが伝わってくる。

「俺と結婚するのはいや？」

意地悪な問いかけにすら、胸が高鳴る。

昨晩さんざんに愛の言葉を交わし、肌を触れさせあった記憶が生々しく蘇り、身動きが取れない。

「……いや」

「サリィ……」

「嫌じゃないから、いや」

もし本当に嫌だったらとっくの昔に逃げ出している。

こうやってウルドが傍にいるだけで、心臓が壊れそうなほど激しく脈打ってしまうのが、すべての答えだ。

「だめだ、可愛すぎる」

「きゃっ」

シーツごと抱きしめてきたウルドが、髪に顔を埋め深いため息を吐き出す。

「これでも我慢しているんだ。煽らないでくれ」

「我慢って」

「愛する恋人がこんなに無防備で可愛いのに襲いかからないでいることを褒めてくれ」

優しい手が背中を撫でる。薄い寝衣ごしに伝わるいやらしく動きに肌が震えた。薄い生地をたぐった指先が、素肌を求めて滑りこんでくる。

「だ、だめっ」

「少しだけ」

背中の窪み撫でていた指先が、わき腹を辿って前へと回ってくる。

乳房の下をくすぐるように触れられると、慣らされてしまっている身体の強張りが解けて、甘ったるい声が出てしまう。

「サリィ」

耳朶や首筋に絶え間なくキスが落とされながら、ウルドの膝に抱え込まれた。

ウルドは頬にもキスを落としながら、サリヴィアの身体を撫でまわす。

乳房全体を掌で回すように揉んで、硬くなりはじめた先端を指先で弄りはじめた。指先で摘まれはじかれると、甘ったるい声が止まらなくなってしまう。

「やだぁ……だめぇ、誰かきちゃう」

「見せつけてやればいい。君が俺のものだって」

「だ、だめっ！」

蕩けかけていた理性を精一杯振り絞り、ウルドの胸に手をついて腕を突っ張る。

「本当に？」

甘えるように小首を傾げられると、うっかりほだされそうだ。

その間にも胸を弄んでいる指先はどんどん大胆になり、乳嘴を折るように弄り回していた。腰の奥にずんとした熱が溜まっていく。

「んんぅ、だめぇ……」

「可愛い声。もっと、って言われてるみたい」

ぬるりとした舌が、サリヴィアの耳朶を舐める。

「ずっと我慢しているんだ、褒美をくれないと暴走してしまうかもしれない」

ウルドはサリヴィアの手を掴むと、己の股間に押しつけてきた。

焼けそうな熱を帯び硬くなった雄槍がそこ存在を主張しているのがわかる。

「昨夜だって、俺は置いてけぼりにして。君がいるのに自分で慰めたんだよ」

「っ……！」

「想像した？」

「し、しません！　はしたない!!」

「そう？　その割には顔が赤いし、ここは濡れているようだが」

「あっ」

太股のあたりを優しく撫でていた手が足の間に入り込んで、服と下着の上から一番敏感な割れ目を探り当てる。

ぬるぬると下着が滑る感触に、そこが濡れているのが嫌でもわかる。

「もう触っても平気？　早くここに入りたい」

「やぁ……」

摑まされているウルドの熱が先ほどよりも硬さと熱さを増した気がした。

掌では包みきれないほどの存在にあらゆる意味で身体が震える。

「だめ、こんなおっきいのむり。こわれちゃう」

うわずった声で叫んで身を離そうとするが、怖いくらいの力で摑まれていて逃げることは叶わない。

「またそうやって俺を煽る。言っただろう、我慢していると。君を大切にしたいから、結婚の許しを得るまでは入れたりしない。でも、少しだけ味わわせてくれ」

獰猛な獣のように呻く声が、サリヴィアの耳や首筋をくすぐる。

「かわいいサリィ。全部俺のものだ」

わたくしはものじゃない、とかすれた声で言い返せば、ウルドの瞳が少しだけ緩む。向かい合って見つめ合うだけで胸が苦しくて息が止まりそうだ。

どちらかともなく近づいて、唇を合わせる。

触れあった唇の熱さにくらくらしながら、深くなるキスに必死で応えるために舌を動かした。強く吸われて舐められて。呼吸すらウルドに食べられている気分だ。抵抗する気力すら奪われ、なすがままにそのまま弄ばれる。

このまま貪られてしまってもいいかとサリヴィアが身体の力を抜いた瞬間、まるでそれを見計らった家のようにノック音が響いた。

呼びかけてくるメイドの声に、ウルドが思いきり眉間に皺を寄せる。

「チッ」

騎士らしからぬ舌打ちをしながらも、ウルドは手早い動きでサリヴィアの服や髪を整える。

熱に浮かされぼんやりとしているサリヴィアの唇を名残惜しげに吸い上げ、つづきはまた、と意地悪く囁いたのだった。

渋るウルドを追い出し身支度を調えてから応接間へと向かえば、さっきまでの情熱的な姿が嘘のように涼しい顔をしたウルドが紅茶を味わっていた。

変わり身の早さ感心しながら、その横に腰を下ろせば当然のように腰を抱かれて引き寄せられる。

密着する体温が心地よくて、うっとりと目を閉じて寄りかかればウルドの嬉しそうな吐息が頭のあたりをくすぐった。

「……ハイラムと大臣は投獄された。ルミールは密輪のことは知らなかったらしくてね、ヴェラルデが身柄を預かっているよ」

「そうですか」

くっつきあったままウルドは昨夜の出来事についての説明をはじめた。

ヴェラルデとただの一度も愛人関係になったことはないとウルドは強い口調で言い切った。お互いに利害が一致した、友人なのだそうだ。

「彼女は周りが思っているよりもずっと高潔な方だよ」

「でしょうね。昨晩のあの方を見ていたらよくわかったわ」

自らの身内を凛(りん)と裁いたあの神々しいまでの美しさに嘘はないのだろう。ジュリエッテが心酔していたのもよくわかる。

噂と勝手な思い込みで遠ざけていた自分が情けない。

ヴェラルデがハイラムの不正に気がついたのは、かなり前だったらしい。ワインの密売は、彼女らの父である公爵がはじめたものだったそうだ。

それに気がついた大臣が入り込んできて、ずるずると密輪量が拡大。さすがやりすぎたと気がついた公爵は一度は手を引こうとしたらしいのだが、不運にも病に倒れてしまった。

父親の跡を継いだハイラムは、大臣に逆らえずその傀儡となった。

甘やかされて育った放蕩息子は言われるがまま悪事に手を染め、金の魅力に取りつかれた。そして稼ぐ以上の散在癖をつけ公爵家の財産にまで手を付けはじめた。

ヴェラルデは公爵家が潰れてしまう前になんとか手を打ちたいと考えていたが、なかなか打開策が見つからなかったのだという。

「そこに現れたのがあのルミールと言う少女だ」

これまで数々の女をはべらせていたハイラムが何故か彼女に夢中になった。

結果、まとまりがなかった金の流れが一本化し悪事の暴露が容易になったのだという。

（ある意味ではヒロインらしい仕事をしたのかもね、あの子）

ハイラムは隠しきれなくなってきた金の横領と悪い噂をひとまとめにして妹であるヴェラルデに押しつけよう画策していた。

その作戦を逆手にとって断罪に持ち込んだのが昨夜の出来事だ。

事前にハイラムとルミールから財産や商品を奪われ困っている貴族や商店に、債務整理と言う名の手を差し伸べ情報を得る。

大臣の不正を調べていた国政側にも情報を流し、辺境伯からも証拠を預かり、完璧なまでの逆断罪イベントをやり切った手腕は見事でしかない。

「発想が豪快ですわよね、ヴェラルデ様」

ハイラムたちが罪を着せやすくなるように、ヴェラルデはウルドとの関係を匂わせわざと自分の悪い噂を流していたらしい。

もしかしたらいいお友達になれるのかもしれないと、サリヴィアはヴェラルデの自信に満ちた表情を思い浮かべた。

「俺の努力も少しは賞賛してほしいものだ」

ウルドの役目はヴェラルデの愛人役だけではなく、当日気がつかれないように兵士たちを配置すること。

知らなかったが、昨夜は大臣の屋敷にも兵士が派遣され証拠の押収があったそうだ。

その下準備のための激務だったのだろう。

「それはご苦労様でした。尚のこと、わたくしと踊っている場合ではなかったのでは？」

「言っただろう。サリィを恋人と公言できる機会をみすみす逃すはずがないと」

爽やかな笑顔が本当に腹立たしい。

そして、その作戦にまんまと堕ちてしまった自分自身も。

「早く君と正式に結ばれるために許可を得たいところなんだが……」

厳格なヘレアの顔を思い浮かべ、サリヴィアは「ああ」と呻いた。

レアントがウルドとの関係を知っているということは、祖母にも伝わるだろう。

婚前に最後まではないが関係を持ったなどと知られたら、お小言では済まないかもしれない。

けれど、恋愛をしなさいと説いたヘレアならば案外笑って許してくれるかもしれない。

「今は領地に行かれているそうだね」

「そうでした」

そう。運がいいのか悪いのか、祖母は少し前から父母と共に領地に戻っている。

社交シーズンの終わりには毎年領地に戻り、領民との交流をはかるのがミチル家の恒例行事であった。

兄は仕事があるため居残り、サリヴィアはその兄にくっついて今年は王都で過ごさせてもらうことにした。

十七歳までの貴重な時間を、出会いが極端に少ない領地に戻って浪費するのはもったいないと、かなり早い段階から決まっていたことだ。

ヘレアの厳しい監視の目から逃れられると喜んでいたのに、まさか帰ってくるのを待つことになるとは、とサリヴィアはままならない人生に思いをはせた。

「戻ってくるのはいつごろかな」

「たぶん、あとひと月ほどかと」

「……長いな」

ウルドが長いため息を吐き出す。

乱暴に前髪をかき上げるしぐさが色っぽいのに子どもっぽくて、少しだけ可愛い。

「ひと月も生殺しとは。ようやく心が通ったのに、酷い運命だ」

「……ウルドはわたくしの身体が目当てなの？」

悪戯っぽく問えば、ウルドは拗ねたように唇を尖らせる。

「まさか。ただ、一刻も早くサリィのすべてを俺のものにしないと誰かにさらわれそうで不安だ」

「わたくしのような跳ね返りに興味を持つのはウルドくらいよ」

「ギリム殿のことをお忘れかな」

「そのうちわたくしのことなど忘れて領地にお戻りになるわよ」

「どうかな。ギリム殿がそう簡単に引き下がるとは思えないな」

ウルドが言うと洒落にならないのでやめてほしい。

そして、その予感はある意味で当たることとなってしまう。

第六章　つながる気持ち

それは、もうすぐ祖母が帰ってくるとの便りが届き、ウルドのことをどう紹介しようか考えていた矢先の出来事だった。

珍しくレアントに呼び出され応接間に来てみれば、何故か既にウルドがそこにいた。どうやら男同士の話が終わったあとらしい。

「合同演習？」

聞きなれない言葉に首を傾げると、レアントとウルドは揃って苦笑いを浮かべる。

「そう。ここ数年は行っていなかったのだけれどね。辺境伯から提案があって実施が決まった」

辺境伯、と口にしながらウルドの形のいい眉がわずかに跳ね上がっている。

まだ領地に帰っていなかったのかと、あの蒼い瞳を思い出す。

「国防を担う騎士たちの底上げと、緊急時の連携確認だね。国民への披露と北への牽制も兼ねている」

兄のため息交じりの言葉に、とても面倒なことなのだということは理解できた。

公爵家の密輸事件が尾を引いているらしい。

ヴェラルデにより悪事を暴かれたハイラムは廃嫡され、投獄されていた。ルミールが自分を愛していなかったことを知り、抜け殻のような状態らしい。いずれは領地の外れで幽閉生活を送ることになるのだろう。

公爵家は国への謝罪の証として、ワイン産業をそのまま国に差し出した。

そしてヴェラルデはなんと国内初の女性公爵になったのだ。

彼女は女性の社会進出に積極的らしく、ジュリエッテのように「女だから」とやりたいことを諦めさせられていた女性たちに仕事を与えているそうだ。

悪役令嬢どころか、主人公のようではないかとサリヴィアは心から感動している。

そして、本来ならばヒロインであったルミールは『ハイラムに弄ばれた憐れな少女』として扱われ、ヴェラルデによって真の淑女となるべく厳しくしごかれている最中。

元々はヒロインなのだから、ぜひとも頑張ってもらいたい。

サリヴィアとルミールは密かに文通と言う形で交流を持つようになった。

まだ直接会って話す機会は作れていないが、きっといい友達になれるはずだ。

問題なのは大臣だ。王弟であることを盾に早々と解放され、今では領地にある自分の屋敷に閉じ籠もっているままだ。

あの密輸は公爵家としての悪事ではなく大臣とハイラムが個人的な金を得るために行っていたということで片が付いた。

帝国側も痛くもない腹を探られたくはないのだろう。

違法にワインを購入していた貴族や商人に罰金を科し、そのいくらかを関税の補填として王国側に治めるという手打ちを提案してきた。王国側もいらぬ争いを求めているわけではないので、それを素直に了承したらしい。

大臣も、罰金のつもりなのか個人の資産の大半を国に渡したそうだ。

このまま世間が今回の騒動を忘れるのを待つ魂胆でいるようだが、周りの目は冷たい。

以前から大臣は帝国側に情報を流しているという噂があったのだと言うが、王弟ということもありなかなか探りにくかったそうだ。反逆罪として裁けるほどの証拠はまだ出そろっていないが、時間の問題だと兄が楽しそうに笑っていた。

大臣の黒い噂が本当であれば、帝国はずっとこの王国を探っていたことになる。

辺境伯の兵士と王都の兵士の合同演習。守りが堅いと内外に知らしめられれば確かに他国への牽制としては十分だろう。

当然、騎士団も参加することになるので、ウルドはその準備にも時間を取られているようだ。

「ずいぶんと早急ね」

「辺境伯殿が事件直後に国王へ申し出たそうだ。王弟を断罪する決断をされたのなら、国の意地も形としてみせるべきだと」

あの日、ギリムは用事があると言っていた。

もしかしたらあの足で城に向かったのかもしれない。

「国王陛下直々の発案だからね。下々の者は従うほかない」

「宮仕えも大変ですわね」

「その演習を行う場所の下見が行われるのだけれど、同じく宮仕えである我がミチル家は国王陛下からその下見への参加を仰せつかったよ」

「……は？」

サリヴィアは間抜けな声を上げた。

レアントとウルドの顔は笑っているが笑っていない。

たぶん、断ったのをゴリ押しされたのだろう。表情でわかる。

「どうして？」

「サヴァル殿からの強い推薦があったらしい」

「何故、辺境伯が我が家を指名なさるの？」

意味がわからないと眉間を寄せていれば、レアントがどこか諦めたような顔をして説明してくれた。

「ミチル家の領地はサヴァル領にも近く、古くから交流がある。うちの領地の馬を輸出しているんだよ」

「初耳です」

「領地で行っている事業のひとつでしかないからね。サリヴィアが知らないのは無理ないかも」

それでギリムとの婚約の話が浮上したのか。

妙なところで納得しつつも、今回の件はどう考えても納得できない。

「その程度のお付き合いでわたくしたちが同行してはお邪魔では？　軍役に付いているわけでもないですし、たいしてお役には立てないかと」

「演習にはたくさんの貴族を招待する予定なので、性別年齢問わず新鮮な意見が必要なのだとか」

断り文句はすべて提案済みで、何かしらの理由を付けて要求を飲まされたのだろう。

ここでどうごねても回避できないイベントのようだ。

ウルドの作ったような笑顔と、諦めたようにも見えるレアントの顔からも、それが窺い知れた。

「視察は簡単なものですし半日程度。ハイキングだと思って諦めてください」

「……はぁ」

仕方がない。

ウルドと公的にどこかに出かけられるのだから、まあいいことなのだろう。

行程でゆっくり話す機会があるかもしれないという下心が顔を出す。

あの舞踏会をきっかけに、サリヴィアとウルドは周囲からは恋人同士として扱われることになった。

だがあの事件の後始末のせいで二人きりの時間などなく、話もろくにできていない。

「仕方がないですわね」

サリヴィアは困ったふりをしながらもその日が少しだけ楽しみだった。

ウルドと森へ行く。

初めての恋に浮かれたサリヴィアは、そのキーワードから連想すべき大切なフラグをすっかり忘れていたのだった。

＊＊＊

演習場に選ばれたのは、王都からしばらく馬を走らせたところにある草原だった。

周囲を林に囲まれ、広く開けたその場所は昔から集団演習の場として用いられていた。

定期的な整備がなされているおかげか、草は刈り揃られていて、見晴らしがよい。

少し奥に進めば魔石がたくさん取れる鉱山もあることから道も整備されており、往路は穏やかなものだった。

生憎、隊長として騎士たちを先導する必要があるウルドとは別々になってしまったが、休憩の合間に一度だけ「帰りは一緒の馬車に」と囁かれ、サリヴィアは残りの旅路の間、嬉しさから頬が緩むのを我慢するので必死だった。

「日差しが強いので、日よけをたくさん準備しておかないと、か弱いご令嬢方は耐えられないかもしれませんね」

「上に進言しておこう」

ウルドとギリムが兵士や騎士たちと当日の打ち合わせをしている横で、サリヴィアとレアントにできることと言えば、観客側の立場になって考えることくらいだ。

貴族側の参加者は多くはないが、それぞれに和やかな空気で語り合っている。

確かにこれはハイキングだ。

既に確認も終わったのか、下見という雰囲気はもうない。

「ずいぶんと簡単な下見ですわね」

「淑女を同行させた場合の行程時間が知りたかっただけさ」

いつの間かサリヴィアに近づいてきたギリムが、気さくな様子で話しかけてきた。

太陽の下だと灰色の髪が銀髪のように見えて、大きな獣のような雰囲気が強くなる。

「わたくし実験台ですの？」

「君がただの淑女でないことを失念していたがな」

（ひっぱたいてやろうかしらこの男）

サリヴィアはギリムを思いきり睨みつけるが、小娘の視線など辺境伯にはなんの効果もないらしい。蒼い瞳が小さな身体を面白そうに見下ろしていた。

「わざわざこんなところまでわたくしを連れてきて何がしたかったのですか」

「最後の悪あがきかな」

「冗談だ。言っただろう、馬に蹴られる趣味はないと。君のことはすっぱり諦めたよ、ミス・ミチル」

「……？」

「あら、リトル・フラワーとはもう呼んでくださらないのね」

嫌味を込めてサリヴィアが微笑めば、ギリムは困ったような表情をして視線を逸らす。

「君をそう呼ぶと、あの騎士に殺されそうな気がするのでな」

ギリムの視線の先には、瞳に殺気を滲ませたウルドの姿。

声は聞こえない距離なのにこちらをしっかり見ている。

「少々、独占欲が強い方なので」

「あれは少々で片づけられる程度ではない。油断したら取って食われるぞ」

「ご安心を。身に染みております。いざとなったらわたくしの方から食べてやります」

「……なるほど、俺はまだまだ未熟ということか。早い遅いの問題ではなかったようだ」

ギリムはカカッと初めて会った時と同じような豪快さで笑うと、サリヴィアの背中を勢いよく叩く。

「とんだじゃじゃ馬かと思っていたが、君の方がずっと優秀な騎手のようだ」

「い、痛い……！　貴公はもう少し女性への扱い方を学ばれませんと、生涯独身でいることになりましてよ」

「まあ、気長に考えるさ」

「悠長なこと」

「いつか、あの騎士と一緒に領地へ遊びに来い」

「わたくし、寒いのは嫌いです」

「それは残念だ。さて、そろそろ退散しなければ本当に命がなくなりそうだ」

言うが早いか背を向けてギリムがそそくさと去っていく。

と、同時にすごい勢いでウルドがやってきた。

「逃げたか」

声に殺意が混じっている。

その姿がなんだかおかしくて、サリヴィアは手に持っていた日傘をくるくる回して、ウルドの顔を見上げて微笑む。

「悪い方ではないようですし、そんなに殺気立たないでください」

「サリィ。サヴァル殿とは決して二人きりにならないように」

「今更わたくしをどうにかしようなんて考えていないと思いますけど」

「男は狼と言うでしょう。用心に越したことはない」

自分を棚に上げてよく言うわよとサリヴィアは肩をすくめるが、心配されるのは少し心地いいので黙っておく。

「仕事は終わりましたの？」

「一応。森の様子を確認したらそろそろ帰り支度をしよう」

「騎士のお仕事も大変ね」

「いざと言う時に王をはじめ大切な方々を守るため戦うのが騎士の役目だからね。そのためには訓練や演習は必要なことさ」

笑うウルドの横顔は凛々しい騎士そのものだ。胸が高鳴るのは仕方がない。

「……まったく。わたくしはいったい何をしに来たのかしら」

恥ずかしさを誤魔化すように疑問を口にしてみたが、本当になんのために同行させられたのかいまだ謎だ。役に立っているのだろうか。

ウルドは少し考えてから、声を潜めて呟く。

「ご婦人方も演習の見学に耐えられるかどうかの確認をしたかったのは本当だよ。あと、俺がサリィに会えないとぼやいているから気を使われたのもある」

「なっ……！」

原因はウルドではないかと睨みつければ、そんなつもりはなかったと言いながらも嬉しそうな笑顔を向けられてしまった。

「ではまたあとで」

軽い足取りで兵士たちの元へ戻っていくウルドを見送りながら緩む頬を必死で引き締めにかかる。

ああ、私は恋をしているのだとサリヴィアは再び思い知らされた。

人を想うという感情があるだけで、こんなにも心が動くなんて。

帰りに一緒になれたなら、いったい何から話せばよいのだろうと心を躍らせる。

そんなサリヴィアの平穏を引き裂くように、一人の兵士が大きな声を上げた。


「魔獣が出たぞ!!」


魔獣。

それは魔石から発せられる魔力に浸食された憐れな獣。王国を悩ませる最大の脅威。

理性を失い巨大化し凶暴になったそれらはまともな手段では駆逐できない。訓練された騎士団や魔石を使った兵器でなければ太刀打ちできない恐ろしい存在。

恐ろしげに喉を鳴らすそれが、のっそりとした動きで木々の間から身体を出してくる。

姿形だけならば大きな熊だが、血走った赤い目と子どもの腕ほどもある長い爪から、魔の力で変異した恐ろしい生き物であることが嫌でも伝わってくる。


「避難を!!」


ウルドの叫びにゲームのスチルが鮮やかに蘇る。

ヒロインとウルドが出かけた森で魔獣に遭遇し戦いになる最終イベント。

ウルド一人では苦戦するが、戦闘パラメーターを極めたヒロインは共に戦い魔獣を打倒し、二人の絆は確かなものになる。

しかしヒロインが役に立たなければ、二人揃って死亡のバッドエンド。

サリヴィアは自分の身体から血の気が引くのが嫌でもわかった。

これがあのゲームのイベントなら、向かう先は間違いなくバッドエンド。

（いいえ、あのゲームの通りになるわけじゃないわ！）

この場にいる騎士はウルド一人ではない。

他にも何人か騎士がいるし、辺境伯の兵隊もいる。

負けることなどはない、はずだ。

「サリィ！」

さまざまなことを考えている間に逃げ遅れたサリヴィアに魔獣が恐ろしいほどの速さで向かってきて、凶悪な爪を振り上げていた。

あまりの恐怖に足がすくんでサリヴィアは動けなかった。

「…………？」

目を閉じ訪れるであろう衝撃に耐えようとしたサリヴィアだったが、その身体を誰かが思いきり突き飛ばした。

地面に転がりながら何が起こったかを確認しようと身体を起こすと、魔獣と彼女の間に誰かが立っているのがわかった。

錆びた鉄のような匂いを漂わせ、短い呻き声を上げているその人影は。

「ウルドっ⁉」

ウルドの肩口が赤く染まっている。

美しい顔を苦痛に歪ませながらも、握る剣の切っ先は魔獣へ向いたままだ。

魔獣の喉から恐ろしい咆哮が響く。

「なんで、なんで」

ウルドが怪我をした。

その事実にサリヴィアは心臓が止まりそうだった。

「サリィ、怪我は？」

「わたくしはいいの！　ウルド、大丈夫なの⁉」

叫ぶように問うても返事はない。

振り返らずに魔獣に剣先を向けたままのウルドの背中は、こんなに広く大きかっただろうかと思うほど頼もしく見える。なのに不安でしょうがなかった。

他の騎士たちもウルドに続き、魔獣に向かって攻撃の体勢を取っている。

サヴァル領の兵士たちも同様だ。

駆け寄りたいのに立ち上がることもできず、地面に座り込んだままのサリヴィアをギリムが抱え上げるようにして起き上がらせる。

「大丈夫か。しっかりしろ」

「わたくしはいいの。ウルドが、ウルドが」

「あれくらいで王都の騎士は死なんさ」

「でも……」

この世界はゲームではない。

けれど、ゲームではないからこそ死んだら本当にそこでおしまいだ。

サリヴィアを後ろに庇うようにして剣を構えたギリムに、ウルドが叫んだ。

「ギリム殿、サリィを連れて早く逃げろ！」

「俺にしっぽを巻いて逃げろと？」

「継ぐべき領地があるだろう！　この場を守るために戦うべきはあなたではなく、騎士の俺だ」

ウルドの言葉にギリムは目を見開くと、悔しげに唇を噛み締めていた。

「わかった」

「納得しないで！　ウルドを説得してください！　ウルドお願い一緒に逃げて！」

振り向かないウルドを引き戻したくて手を伸ばし駆け寄ろうとするが、サリヴィアの身体はギリムによって宙に浮く。

幼子のように肩に担がれた小さな身体は、抵抗もできないままにウルドから引き離されていく。

「ギリム様!?　離して!!」

「悪いな。騎士の頼みは聞いてやらねばならぬ」

「嫌よ！　下ろしなさい！　わたくしがいなきゃ駄目なの！　じゃないとウルドが死んじゃう！」

「あいつは強い！　そう簡単には死なないさ」

「でも、でも、そうしないと駄目なのよ！」

（だって、ゲームではもっと小さな魔獣だったのよ）

その魔獣でさえ一人で立ち向かったウルドは苦戦していた。

ヒロインが一緒に戦ってようやく勝てたのだ。

無力なサリヴィアではなんの役にも立たないかもしれない。

でも、一緒にいないとシナリオの力でウルドが死んでしまうかもしれない。

「ウルド、いやよ、お願い、死なないで！」

離れていく背中に必死で呼びかけるが、振り向いてさえくれない。

ようやく想いをつなげたのに。

まだちゃんと好きだと、愛していると伝えていないのに。

――いざと言う時に王をはじめ大切な方々を守るため戦うのが騎士の役目だからね。

ほんの数分前、そう微笑んだウルドの顔を思い出す。

守られるだけの立場である自分が歯痒くてならない。

あんな大きな魔獣に生身で向かっていくなど狂気の沙汰だ。

何故、どうしてと言う言葉ばかりが浮かんでサリヴィアは涙が止まらなかった。

魔獣から距離を取り兵士たちに守られた避難場所でようやく解放されるが、すぐにウルドの方へ戻ろうとするサリヴィアの腕をレアントが掴んで止めた。

「今近寄ったら足手まといになるだけだ！」

「嫌よ！　離して！」

「いい加減にしなさい‼」

聞いたこともないようなレアントの声に、サリヴィアは身をすくませる。

言われていることはわかる。だが、ここで待っているだけなんて耐えられない。

「だって……」

「ここにいるのは精鋭ばかりだ。案ずるな」

「でも」

どんなに周りが言葉を尽くしても、サリヴィアの不安が拭われることはない。

何故なら、サリヴィアはウルドが死ぬ可能性を知っているからだ。

こんなことなら、スチル回収のために死亡エンドなんてクリアしなければよかった。

ウルドを好きだと自覚した時に、剣でもなんでも戦う術を身に付ければよかった。

後悔ばかりが浮かんできて、サリヴィアはぼろぼろと涙を溢れさせた。

「お前が取り乱せば周りも動揺する。なんのためにウルドがお前を逃がしたと思っているんだ」

レアントが必死でサリヴィアを慰める。

「でも、私のせいでウルドが怪我を」

「大丈夫。お前が怪我をしていた方がずっと大変だ」

「でも」

「信じなさい、サリヴィア。あいつはお前が思っている以上に強い」

信じたい。でも怖い。

震える身体を抱きしめて、なすすべもなくサリヴィアは地面に座り込む。

もしウルドが死んでしまったらという恐怖で、身動きひとつとれない。

「ウルド」

恋というのはこんなにも心をもろくしてしまうのか。

苦しくて辛くて息ができない。目の前が暗くなりかける。

途切れそうなサリヴィアの意識を覚ますように、ドンと大きな低音が地面を揺らした。

振り返れば、魔獣が爆炎に包まれ断末魔の叫びを上げて倒れ込んでいくのが見えた。

「新しい魔石の兵器が効いたようだ」

レアントが安堵したような声を上げた。

「新しい、兵器？」

「ああ、研究所の魔法使いが面白い兵器を開発してな。セラビィ氏だったか。天才とは聞いていたが、これほどだとは。試作品を持ってきていてよかった助かった」

エルリナの顔が浮かんだ。すごい人だと語る彼女の言葉は本当だったのだ。

「必ずなんとかなる」

その言葉を証明するように、魔獣に命中したぞと兵士が叫んでいる。

音をたて倒れ込んだ魔獣の身体で周囲に土煙が舞い上がった。

誰も何も言わず静かな時間が流れる。

倒れた魔獣は動く気配がなく、周囲を包囲していた一団から歓喜の声が響いた。

「やった！　倒したぞ！」

誰かが叫んだ声に周囲も勝利の喜びに沸きあがる。

サリヴィアの肩を抱いていたレアントの腕が場の空気につられて緩む。

たまらずサリヴィアは転がりそうになりながら、ウルドの方へと駆け出した。

「サリヴィア!!」

ギリムが名を呼んで静止しようとするが、止まるわけがない。

煙の向こうに何か見えるがはっきりしない。

サリヴィアは滲みそうになる涙を必死にこらえ目を凝らす。

数人の影が、肩を支えあいながら戻ってくるのが見えた。

小さな人影の中に想い人の姿を探すが、涙で歪んだ視界は役に立たない。

ようやく顔が判断できるところまで近づくと、若い兵士二人に肩を抱かれようやく立っている金色の髪を見つけた。

「ウルド!?」

両手を伸ばしその身体を支えるようにサリヴィアはしがみついた。

温かな身体からは確かな鼓動が聞こえる。

血と土と草の匂いに混じって、ウルドの香りがした。

生きている、ここにいるという安堵から、サリヴィアはウルドを抱えたままずるずると一緒になって座り込む。

「サリィ、汚れるから離れて……」

「そんなことはどうでもいいの！」

「何故、逃げなかった」

いつも穏やかな声が弱々しくかすれてサリヴィアを責める。

サリヴィアは知ったことかとばかりにウルドを睨みつけ、抱きしめた身体の様子を確認した。

傷は最初にサリヴィアを庇った時に負った肩口のものが一番酷く、それ以外にもあちこちに血が滲んでいた。

「ばか！」

サリヴィアは、ウルドの頬を思いきり平手打ちにした。

パンッと乾いた音が響き渡る。

ウルドの瞳が呆然と丸くなり、周りの騎士や兵士、追い付いてきたギリムやレアントもぽかんと口を開けている。

「……君に叩かれるのは二度目だ」

「これが最後と思わないで!!　わたくしから勝手に離れたらまた叩くからね！　危ないこ

とをしてもよ!!」

「サリィ」

「死んだらどうするの！　わたくしを置いて逝くなんて許さないんだから!!」

「でも私は騎士だ」

サリヴィアは、自分が何に怒っているのかわからなくなってくる。

ウルドの役目はわかっている。騎士として人々を守ることが彼の誇りなのだろう。

だけど、死んでほしくなんてない。

「知らない！　そんなの知らない！　ずっと傍にいるって、生涯大事にするって言ったじゃない！　叩かれるのが嫌なら、二度とわたくしの傍から離れないで!!　おねがいだから、死なないでぇ……」

最後はうまく言葉にならなかった。

涙をぼろぼろとこぼしながら、サリヴィアはウルドの胸にすがりつく。

「サリィ」

いつもよりずっと弱い力で抱きしめられる。

サリヴィアは抱きしめ返すようにウルドの背中に腕を回すし、決して離れないとの願いを込めてしがみつく。

「ウルド、好きよ、本当に好きなの。あなただけなの。愛してるわ」

前世で抱えた感傷も、ウルドだから乗り越えられた。

意地っ張りで口ばかり達者なサリヴィアの世界を広げたのはウルドだ。

愛されることが幸せなことだと、教えてくれた。

「だからお願い、ずっとわたくしの傍にいて」

「サリィ、それは俺の台詞だ。いつだって君しか見てない俺から、どうか逃げないでくれ」

抱きしめる腕の力強さに応えるように、サリヴィアもウルドにしがみつく。

こんな恋はもう二度とできないと、二人とも言葉をかわさずとも理解していた。

これは最初で最後の恋だ。

「お二人さん。二人の世界を作るのは自由だが、そろそろ戻ってきてもらってもいいか」

「っ⁉」

頭上から聞こえる呆れた口調に弾かれたようにサリヴィアが顔を上げれば、困ったような笑みを浮かべたギリムやレアント。

周りの騎士や兵士たちも同様に居心地が悪そうに視線を逸らしている。

そう、ここはさっきまで戦場だった草原。

避難していて人は少ないが、確実にいま周りにいる人たちにこの恥ずかしすぎるやり取りは見られていたのだろう。

「これだけ証人がいるのだから、もう言い逃れはできないよサリィ」

ウルドがサリヴィアの頰にキスを落とす。

その柔らかさと周りの呆れたような空気に、一気に羞恥心が湧きあがり、サリヴィアの顔がカッと熱くなった。

「う、ウルドのばか!!」

ウルドの腕から飛び出し、レアントの背中に隠れるように飛び込む。

「ったた……酷いなサリィ、俺から逃げないでと言ったばかりなのに」

突き放されたウルドが痛みをこらえながら笑っている。

そういうことではないでしょうと言い返しながら、サリヴィアは死亡フラグが回避されたのだという安堵で泣きながら笑った。

＊＊＊

突如として現れた魔獣を王都の騎士や辺境伯の兵士たちがほんの少人数で討伐したという出来事はあっという間に王都に広まった。

結果として合同演習の話題性も高まり、次の合同演習には貴族だけではなく多くの民衆が見物に押し寄せ、国の軍事力は高く守りが堅いことを内外に知らしめることに成功した。

負傷したウルドの代わりに指揮を務めたギリムの姿は、王都の腑抜けた貴族とは違い野性味と男気に溢れ大層魅力的に見えたらしい。

数多のご令嬢が虜になり、縁談話が数多押し寄せたとか。

これでギリムが無事に片づけば、ウルドの嫉妬の回数も減るだろう。

ウルドの傷は魔獣から受けたものだったため、熱がなかなかひかなかった。

騎士団の寄宿舎に一人で寝かせておくわけにはいかないと、サリヴィアはレアントを説き伏せ、ミチル家の屋敷に滞在させ看病していた。

意識はあるが起き上がることもままならない弱った様子のウルドをかいがいしく看病する姿は、恋人を通り越してまるで夫婦のようだと言われた。

熱のせいで眠りが浅くなりがちなウルドの汗を拭き着替えさせ、意識がある時は気を紛らわせるために頭を撫でるサリヴィアを、レアントは苦笑いを、メイドたちは笑みを浮かべて見守っていた。

額に滲む汗を拭いながら、サリヴィアは張りついた金の前髪をかき上げる。

明け方や昼間よりも気温が下がる夕刻に少し熱が上げるらしく、ウルドは少しだけ苦しそうな様子だ。

医師からは、あと数日おとなしく寝ていれば元気になると言われたが、サリヴィアの不安は消えず、可能な限り傍にいるようにしていた。

最初の頃よりはウルドの顔色はずいぶんよくなり、会話も続くようなっている。

「サリィ」

薄く開いた青い目を愛しげに細め、ウルドはサリヴィアに手を伸ばす。

その手を優しく握ってサリヴィアは自分の頬に添えてやる。

乾いた指先が頬を通り過ぎ、耳朶を撫ではじめ、本当に筋金入りだとサリヴィアは苦笑いを浮かべた。

「こんなに近くにいるのに思いきり触れないなんて、拷問だ」

「馬鹿なことを言ってないで早く元気になってください」

「手厳しいな」

笑う声はまだ少し力ない。

「ごめんなさい。わたくしのせいで」

何度目かになる謝罪にウルドが少し眉根を寄せる。

もし自分がすぐさま逃げていれば、ウルドは怪我をしなくてすんだという後悔はずっとサリヴィアの心に燻(くすぶ)っている。

「もういいと言っただろう？　君に傷がつかなくてよかったと」

「ウルド……」

「元気になったらどんなご褒美を貰えるか今から楽しみだ」

「ばか！」

サリヴィアが怒った顔でその手を軽く叩くが、ウルドは笑うだけだ。

「酷いな怪我人に」

「怪我人ならそれらしくしてください」

「サリィが目の前にいるのに我慢しろというのが無理だ」

離れない手が滑り下りて、サリヴィアの細い首筋を撫でていく。

肩口から服の中へ入り込んだ手は、素肌を確かめるように不埒に動く。

「だめ、傷に障るから……」

「少しだけ。ね、おねがい」

弱々しく懇願され、サリヴィアはずるいと思いながら身体の力を抜いた。

触れたいとねだるように動く手を助けるように身を屈ませ、ワンピースの前を広げる。

長い指が鎖骨を辿って胸の間を撫で、露わになった乳房を優しく包むように触れた。

その皮膚は乾いているのに、火傷しそうなほど熱いとサリヴィアが胸を震わせる。

先端を指の腹で撫でられるだけで、甘ったるい声が零れた。

「サリィ」

求められるままにベッドに腰かけ身を屈ませ、サリヴィアはウルドの顔に胸を寄せる。

熱で乾いた唇が器用に動いて、薄く色づいた乳首を柔く吸い上げた。

「んんぅ」

まるで幼子に乳を与えているようだとサリヴィアは錯覚する。

口寂しい、身体が切ないと訴えられて一度許してしまえば、二度目からはなし崩し。

ウルドの身体に負担をかけないように両手をベッドについて胸を差し出すのは、これで四度目。

溶かされてしまいそうなほどに熱い唇の中で乳首を弄ばれ、片側の胸も指先で弄られる。手で口を塞げないので、唇を噛み締めて声をこらえているのに、声をきかせてと言われてしまえば、赤くなった唇からひっきりなしに甘い声が零れる。

「ひっ……ん、ん、あぅぅ」

吸い上げる力はやはり弱くて、じれったいような甘い痺れしか与えてくれない。

わざとらしく音を立てて何度も吸ったり離したりを繰り返し、優しく噛まれると身体を支えているサリヴィアの腕から力が抜けて倒れ込みそうになる。

舌先で乳首の先端を扱かれると、お腹の奥から熱が溢れ、下肢がじれったくなる。

「もうっ、……だめっ」

耐えられなくなってサリヴィアが無理やりに身体を離せば、ちゅぱっと可愛らしい音を立てて乳首がウルドの口から抜ける。

「もうおしまい？」

「おしまいです」

与えられた刺激で熱く汗ばんでいる身体を隠すように背を向け、サリヴィアは手早く服を整える。

ウルドの手が背中に伸びて優しく撫でてくるのが恥ずかしいやら嬉しいやらで居たたまれず、ぎゅっと目を閉じて手だけ動かす。

「サリィ」

呼ばれて振り返れば、やはり弱々しい表情に胸が痛む。

頬に添えられた手に導かれるようにして顔を寄せ、優しく唇を合わせる。

それは眩暈がしそうなほどに甘いキスで、看病と言う名の甘い逢瀬に浸り、サリヴィアはようやく初めての恋に素直に溺れていた。


レアントとサリヴィアが魔獣に遭遇したという話を聞いた両親とヘレアは、予定を早めて王都に戻ってきた。

無事を喜ばれたが、サリヴィアが逃げ遅れたためにウルドが負傷してしまった件はきっちり叱られた。

揃って頭を下げる両親に、寝たきりのウルドが恐縮している姿が可愛くて面白いと、サリヴィアは不謹慎な思いで緩むみそうになる頬を引き締めるのが大変だった。

「こんなしっかりした方がサリィを貰ってくれるなら安心だ」

ヘレアとは違いサリヴィアに甘い父は嬉しそうに眦を下げていた。

母も、ウルドは想像以上の美丈夫だと喜んでいて、少しだけ誇らしくなる。

「こんな立派な紳士に嫁ぐんだ。サリィも大人にならないとね」

「立派、ねぇ」

その立派な紳士は婚約前の娘に色々していますよ、サリヴィアは父母に言いつけてやりたい気分だったが、自分の首を絞めることにもなるので黙って微笑んでいた。

それから数日後、ようやく熱が下がり体力の回復したウルドとサリヴィアは、ヘレアの部屋に呼び出された。

寄り添うように並んで座った二人は、向かい合って座るヘレアの無言のプレッシャーにさらされている。

「あなたがウルド・ゼーゼバン殿ね」

ヘレアの厳しい視線にさすがのウルドも少し緊張した面持ちだ。

「ヘレアおばあ様、ウルドはまだ病み上がりなのでお手柔らかにお願いいたします」

「おだまりなさい。その原因はあなたでしょう」

「う……」

「お初にお目にかかります。ウルド・ゼーゼバンです。父は男爵ですが、騎士となると決めた時に縁は切れておりますので、後ろ盾は何もございません」

「存じております。あなたのお父上から我が家へ挨拶の手紙が届いておりましたから」

「な……」

ウルドも予想していなかったのだろう。

ヘレアの言葉にいつもの澄ました笑顔は消えている。

「この先、何があっても男爵家があなたの行く末に口を出すことはないし、迷惑をかけるようなことはしないので、安心してほしいと書かれていたわ。あなたに手をかけてあげられなかったことを詫びていましたよ。どうか幸せになってほしいとも」

ウルドの横顔から感情を読み取ることはできない。

だが膝の上に置かれた手が強く握り込まれて、指先の色が失われている。

そっとその手を温めるように手を乗せれば、ウルドがまるで泣きそうな子どものような瞳をサリヴィアに向けた。

「ゼーゼバン、いえウルド殿。あなたはサリヴィアをどうするおつもり？」

「妻に迎えて、生涯を共に過ごしたいです」

「あなたが思っている以上にこの子は手がかかりますよ。見た目とは正反対で口ばかり達者で素直じゃない」

「ヘレアおばあ様!!」

「知っています。だからこそ、飽きずに共に生きていけると思ったのです」

「ウルド!!」

二人していったい何だと思っているのかとサリヴィアは頬をふくらませた。

「先ほども申しましたが、私には大きな後ろ盾がありません。騎士としてもまだまだ未熟です」

「我が家は肩書きで相手を選ぶようなことは致しません。当人たちが想い合っているかどうかが大切だと考えております」

「わ、わたくしはウルドがよいの。他の誰かでは駄目だとわかったの」

「……そう」

ヘレアの目が優しく緩む。

「とうとうサリヴィアも恋をしましたか」

優しい指摘に、サリヴィアは耳を赤く染める。

「お前は不思議な子だったわ。妙に賢くて聡くて。その癖、家族以外と接する時は無理やりに壁を作って闇雲に攻撃しているように見えた。誰のことも本気で好きになれず、敵を作って孤立してしまうよりは、サヴァルの領地で静かに暮らす方がよいと考えていたの」

ギリムとの縁談は祖母なりの思いやりだったのだと、サリヴィアは今になって悟った。

「ギリム殿は懐の深い方だからあなたともやっていけると思っていたのだけれど、まさかそれ以上のお相手を見つけてくるとはね」

「ヘレアおばあ様」

「恋とは素晴らしいものでしょう？」

隣のウルドから熱い視線が向けられているのがわかって、サリヴィアは恥ずかしさで小さく頷くが顔を上げることはできなかった。

誰かを素直に好きになれる日が来るなんて、本当に思ってもいなかった、と。

ウルドの温かな手がサリヴィアの手を優しく握り込む。

伝わってくる体温が心地よくて、サリヴィアはその手をしっかりと握り返した。

「ギリム殿には悪いことをしました。期待していたのに、と恨み言を言われてしまったわ」

「それは勝手に話を進めたおばあ様が悪いのでしょう!!」

「お前が本当に十七歳までに相手を見つけてくるとは思えなかったのよ」

「酷い！」

「ふふ」

珍しくヘレアが声を上げて笑った。

いつも厳格で隙を見せない祖母の意外な姿にあっけにとられていると、立ち上がったヘレアがゆっくりと二人に微笑みかける。

「ウルド殿、こんなお転婆だけれど、可愛い孫よ。どうか大切にして頂戴」

優しい声に、サリヴィアは瞳を潤ませた。

そして、ウルドと共に立ち上がり、手を握り合って深く首を垂れる。

「必ず、幸せになります」

＊＊＊

「婚約が認められたとはいえ、その日のうちから同衾っておかしくありません⁉」

「さぁ？」

悪戯っぽく笑うウルドは嬉しそうだ。

夕食の席でサリヴィアとウルドの婚約が発表されると、両親やレアントはとても喜んでくれた。

父は嬉しさ半分悲しさ半分と言った様子で泣きながら笑っていたし、母は既に結婚式の算段に夢中だ。

レアントは何か言いたげにウルドを見ていたが、どこか諦めたような様子で笑っていた。

恥ずかしさと嬉しさでサリヴィアは上手に笑えず、可愛げのないことを口走ってしまったけれど、みんな笑って許してくれる。

優しい家族に恵まれている幸せに、サリヴィアは少しだけ泣いた。

夕食後、ウルドは何故か当然のようにサリヴィアの部屋にやってきた。

これまで使っていた客間は掃除するので、今日から一緒の部屋で寝泊まりするようにと、ヘレアから言いつけられたという。

慌ててヘレアの元へ向かえば「婚約者なのだから当然でしょう」と平然と言い切られて、サリヴィアは呆然としながら部屋で寛ぐウルドの元に戻ってきたのだった。

『ようやく見つけた婚約者です。絶対に逃がさないようにさっさと既成事実を作っておしまいなさい』

去り際に告げられたヘレアの言葉を何度も反芻する。

展開の速さにウルドも戸惑うかと思っていたが、既に順応しているのが憎らしいと、悔し紛れに睨みつけることしかできないでいた。

「サリィは俺と一緒に寝るのが嫌?」

「そういう問題じゃありません。こういうことは、もっと手順を踏んでから」

「たくさん訓練も練習もしたと思うけど」

「あれはちがっ、きゃっ！」

言い訳と文句を言い続けているサリヴィアに焦れたのか、ウルドは彼女をさっと抱え上げると大股でベッドに向かった。

「待って、ウルド」

「待てない。ようやくお許しが出たんだ。抱かせて」

「わたくしは許してな、んんっ」

言い終わる前にキスで言葉を塞がれる。

唇を離さないまま壊れ物でも扱うように優しくベッドに寝かされて、覆いかぶさるように抱きしめられる。

お互いに部屋着のままなので体温がずっと近い。

ウルドの心臓の音が聞こえて、サリヴィアは自分のうるさいまでの心臓の音もウルドには聞こえていることを悟り、更に鼓動が速まる。

「サリィ、愛してるよ。たぶん、初めて君に頬を叩かれた時からずっと」

「叩かれて惚れるなんて、趣味が悪すぎますわ」

「確かに」

低い声で笑いながらウルドが首筋に唇を寄せる。

掌を滑らせるようにサリヴィアの身体を撫でていく。

戯れのような優しい動きなのに、慣らされた身体が勝手に期待して奥の方でじくじくと熱がくすぶりはじめていた。

「サリィは？」

「え……」

「サリィはいつから俺のことを好きになったの？」

（いま聞くなんてずるい）

甘く溶けた青い瞳に見下ろされると、いつもの憎まれ口すら出てこないのに、正直な言葉なんて余計に出てくるはずがないと、サリヴィアは潤んだ瞳でウルドを見つめた。

答えられずに唇を小さく噛む姿に、ウルドが困ったように笑って触れるだけのキスを落とした。

「素直になれないなら、身体に聞くしかないな」

首に腕を回してそれに応えれば、キスは深いものへと変わっていく。

角度を変えて何度も合わせる唇は、これ以上近づけないのがもどかしいほどに深く重なっていく。

入り込んでくる舌に応えるようにサリヴィアが己の舌を差し出せば、あっという間に絡め取られて翻弄されてしまう。

「んんっ」

キスの最中も髪や首筋を優しく撫でられ続けている。

耳朶にたどり着いた指先が何度も形を確かめるように撫でまわし、耳孔をくすぐるように動くから、キスの音が頭の中で大きく響く。

貪るようなキスで力の抜けたサリヴィアを見下ろす瞳があまりに優しいものだから、勝手に涙が滲んでしまう。

（ウルドには泣かされてばかりね）

シャツを脱ぎ捨てたウルドの上半身は細身なのにしっかりと鍛え上げられている。

看病の間、多少は見慣れたと思っていたのに、薄暗い室内で小さなランプの灯りひとつに照らされた姿はまるで彫像のようで心臓に悪い。

肩口に残った歪な傷は痛々しいが、生々しさが妙な色気を醸し出している。

サリヴィアは手を伸ばし、まだ薄い桃色をした傷跡を撫でた。

真新しい皮膚はつるりとしていた。

「傷、残ってしまいましたわね」

「いいさ。サリィを守れた証だ」

「痛かったでしょう」

「とても。でも、サリィに優しく看病してもらえて役得だったよ」

「もう‼」

「かわいいサリィ。今日はいっぱいお礼をしないとね」

ウルドが優しい瞳を甘く緩ませ、服ごしに両胸を寄せあげるように揉みはじめる。

「あ……んっ」

布で擦るように、柔らかな力で何度も乳房の形を確かめるように撫でたり揉まれたりを繰り返されると、硬さをもった乳首が服の上からでもわかるほどに存在を訴えはじめた。

大きな掌が胸の上を滑るたびに、そこが擦れて切なく痺れる。

「脱がしても？」

いつもなら勝手に脱がすくせに、許可を求めてくるのがずるいとサリヴィアは呻いた。

小さく頷けば、丁寧な手つきで胸のリボンをほどきはじめた。

「あっ」

はだけられた胸元にウルドの手が直接触れる。

汗ばんだ手が乳房を包み、乳首を指で押しつぶす。

爪をたてたり乳輪を撫でたりと楽しげに動く指先に翻弄されるたびに、サリヴィアの唇から甘ったるい声が零れる。

「ずいぶん敏感になったね」

「誰のせいよ……」

「俺のせいだな」

楽しそうなウルドはゆっくりと胸元に顔を近づけ、見せつけるように乳首を口に含んだ。

「んんっ!!」

きつく吸い上げてから、舌の腹で乳首を潰し撫でるように舐められる。

乳輪ごと大きく口に含まれ唾液で洗うように転がされ、鋭い歯先で痛いと訴える寸前の痺れるような刺激を与えられる。

看病の際に自ら差し出した時とは違う、激しく追い詰めるような愛撫に悲鳴じみた嬌声が止まらない。

「あああっ、ん……駄目、それだめぇ」

吸われていないほうの乳首も、ウルドの指先に翻弄されている。優しく撫でたかと思えば痛いほどに摘ままれ引っ掻かれ、赤く熟れた果実のよう震えていた。

「ぃ、やっ、ああああんぅ!!」

身体の奥からせりあがった熱が弾けて、サリヴィアの身体が大きく痙攣する。

目の前が真っ白になって呼吸がままならい。

「ぁう……」

ぴくぴくと絶頂の余韻に震えながら涙で滲んだサリヴィアが視線でウルドを探せば、嬉しそうに微笑んで、残りの服をゆっくりと奪い取っている最中だった。

「胸だけでイクなんて、サリィははしたない子だね」

「んっ、だってぇ」

「今日まで頑張って訓練したからね。気持ちよかったろう?」

ぼんやりとしたままサリヴィアは素直に頷く。

熱が回って蕩けた思考は虚勢を張る気力さえ奪っていく。

優しく髪を撫でられサリヴィアがうっとりと目を細めれば、ウルドは優しいキスを顔中に落とした。

いつものように耳朶にたどり着いた唇が薄い皮膚を食んで舐めあげる。

舌先で小さな穴をくすぐられ、頭の奥がじんじん痺れて何も考えられなくなったサリヴィアはひっきりなしに甘い声を上げていた。

「次からはちゃんとイクって言うんだよ」

「あっ！」

直接吹き込まれる甘い囁に、虐められたばかりの胸が小さく震えた。

最後の砦である下着を一気に引き抜かれ、足を広げさせられる。

「とろとろだ」

「やだぁ……んっ」

しっとりと濡れた割れ目をウルドの視線が探っているのが恥ずかしい。

ふくらはぎから太股にかけて酷くゆっくりとした動きで撫でまわされる。

もう嫌悪感も恐怖も湧かないと伝えたはずなのに、サリヴィアの様子を注意深く確認するように触れてくれる優しさに泣いてしまいそうだ。

足の付け根に触れた指先が、最後の確認を取るようにゆっくりと恥丘の形を辿りながら滑り下りて、敏感な割れ目を押し開く。

「ああっ」

ウルドの指が滑る感触に、そこが淫らに濡れているのが自分でもわかって、サリヴィアは恥ずかしさにきつく目を閉じる。

二度目だというのに羞恥が勝って足を閉じようともがくが、か弱い抵抗などウルドの力で簡単にねじ伏せられて足の間を吐息がくすぐった。

「や、だぁ、また、それっ」

舌が入口を開くように触れてくる。

割れ目を撫でるように舐めあげ、敏感な突起を抉るように押しつぶされ、甘噛みされる。

溢れる愛液を吸い上げられ、つま先が勝手に宙を掻いて身体がわななく。

甲高い嬌声が口から勝手にあふれ出た。

ウルドの唇が触れているところが溶けてしまいそうに熱い。勝手に腰が浮くが許さないとばかりに吸い上げられて抵抗は抑え込まれてしまう。

舐られ蕩けた入口に、いつの間にか滑りこんだ指先が柔らかい内壁を広げるように蠢いて、奥の弱い部分を抉るように引っ掻き回した。

一本が二本に増え、とうとう三本になった指が根元まで強く押し込まれると、溜まった熱が膨れ上がっていく恐怖でサリヴィアは叫ぶ。

「あっ、また、またきちゃう」

「ほら、ちゃんと言って、イクって。さっき教えたろう?」

「いえな、あっ、あっ、ああん」

「言わないとやめてしまうぞ」

「駄目、あっ、あん、い、いく、イクの、イっちゃうのっ……」

先ほどよりも大きな熱の波に押し上げられて、星が弾けたように視界がきらめく。

「……ぃぃっ……」

気持ち良すぎて、自分は死んでしまったのではないかとサリヴィアは思った。

力の抜けきった身体がシーツに沈み込む。

「サリィ」

耳朶を舐めながらサリヴィアのお腹を優しく撫でるウルドが低く唸って、サリヴィアの足をもう一度大きく広げる。

「全部、俺のだ」

くちゅりと熱い水音がして、敏感になった蜜口に熱くて硬いものが押し当てられた。

焦点のぶれた視線を向ければ、ウルドの雄槍が凶悪なまでにそそり勃っているのが見えた。初めて直接目にしたずっしりとしたその質量に、熱で潤んでいた思考が急に冷える。

「ウルド、むり、そんなおっきいの、だめぇ」

「大丈夫。ゆっくり慣らしてあげるから」

「こわれちゃ、ああああっ」

先端が焦がれるほどにゆっくりと入り込んでいく。

痛いと言うよりも圧迫感と異物感が勝る。

体内に自分以外の熱が入ってくる未知の感覚に、サリヴィアの細い腰が震えた。

「っ、力を抜いて」

「だめ、できなっ、あっ」

ウルドが腰を進めるたびに、身体が勝手に逃げようと腰を浮かせる。

だが、逃がさないと言うかのように大きな手が腰を掴み、荒々しいキスが言葉を塞ぐ。

先端だけを緩く抜き差しすると、こわばっていた身体から力が勝手に抜けていく。

お互いの体液で滑りが増して、じくじくとした熱がそこから広がっていく。

入り込んでいく熱量がどんどん増えて、ぱちっと乾いた音と共にウルドの熱杭がサリヴィアの中に根元まで押し込まれた。

「ひっ」

お腹の中が破れそうな存在感が奥の方で脈打つ。

熱くて太くて硬くて、あそこが壊れていないのが不思議なくらい。

「はいった……」

額に汗を滲ませたウルドが嬉しそうに声を絞り出す。

隘路(あいろ)の狭さに多少苦しさを感じているらしく、表情はわずかに歪んでいるが、その瞳は獲物を捕らえた獣のようにらんらんと輝いていた。

「覚えてサリィ。こうやって君の中に入れるのは一生、俺だけだ」

「きゃ、あっああ!!」

侵入してきた時は慎重すぎるほどだったのに、それが嘘のような荒々しさで抽挿がはじまる。一番奥を強く突かれたかとおもったら、抜けるぎりぎりまで腰を引かれて、また押し込まれる。

さんざん慣らされたおかげで痛みはなく、違和感と息苦しさで震えていたのに、入口の付近を先端の太い部分で抉られると、意識が飛びそうになるほどの快感が突き抜けて、甘えるように腰がくねりはじめてしまう。

「ここがいいのか？」

「や、やだぁ」

ん、ん、と甘えた声を上げながら、サリヴィアは必死にウルドの肩にすがりつく。

偶然に触れた熱で肩口にある傷跡の感触が不思議と気持ちよくて、助けを求めるようにそこに何度も指を這わせた。

「あっ、ごめんな、さ」

「やだばっかりだな」

「怒ってるんじゃない。サリィのやだは、イイってことだろう？」

「あ、ばかぁぁぁ」

「こんな時まで強がるサリィが可愛くて手加減ができそうにない」

繋がったまま抱え上げられて、向かい合うように膝の上に座らせられる。

腰を摑まれ身体ごと上下に大きく揺さぶられた。

自分の重みで繋がりが増して、奥の弱い部分をウルドの先端に強く刺激されたサリヴィアは甲高く叫び、首を逸らした。

「や、だめ、だめ、いく、いくぅ」

身体が自分のものではないような感覚が襲ってくる。

繋がった部分から弾けそうな熱が溢れて、全身に広がった。

涙が零れて視界がぶれた。

「くっ……ああ、食いちぎられそうだ」

ウルドが苦しそうに呻く。

その声にすら刺激され、快楽を求めてサリヴィアの腰や胸がうねる。

はしたなくウルドの腰にしがみつくように回っていた足がピンと伸ばして、つま先がまるまった。

「……くっ」

「――――――っ‼」

ビクンとお互いの身体が震えると、サリヴィアの中で熱い飛沫(ひまつ)が弾けた。

腰から下が溶けてしまったように力が抜けて、意識がゆらゆらと震える。

「あ、なか、に」

熱い滴りが結合部を濡らしていく感触に、サリヴィアが喘ぐ。

一番深い部分にウルドの精を受け止めたという事実に胸が高鳴る。

これでようやく心も身体も内側さえも全部ウルドに染められた、と。

苦しいのに嬉しくて、しがみついていた腕を緩めて見つめ合えば、お互いに汗だくで、何故かウルドも泣いていた。

「サリィ、愛してる」

囁くような愛の告白がサリヴィアの身体の奥まで沁みていく。

ウルドの涙を掬うようにサリヴィアが舌を這わせれば、青い瞳が子どものように驚きで丸くなった。

「愛してるわ、ウルド。あの日、あなたがわたくしのところに来てくれた日から」

たぶん、自分で気がつくよりもずっと前から心はウルドに落ちていた。

認めたくなくて意地を張ってずいぶん遠回りしてしまった。

「サリィ」

かすれた声で名前を呼んだウルドが、サリヴィアを強く抱きしめる。

「あっ」

中に収まったままの熱杭が硬さを取り戻していくのがわかって、サリヴィアが戸惑いの声を上げる。

揺さぶるように腰を動かされると、落ち着きはじめていた熱がどんどん高まっていく。

「まって、まだ、ああっ、んんっ」

背中をシーツに落とされて、激しい抽挿が再開される。

ウルドの精が滴り出てきて滑りをよくするせいで、さっきよりもずっと滑らかに入り込んでくる熱杭は二度目だというのに硬さも太さも衰えていない。

弱い部分を把握した聡い動きで、あっという間に追い上げられて、サリヴィアはウルドのなすがままに貪られた。

数度目かの絶頂のあと、もうだめ、ゆるしてという甘い懇願にようやく根負けしたウルドによってサリヴィアが解放されたのは明け方。

指一本も動かせないほどの気怠さでシーツに沈んだサリヴィアの全身を、ウルドが名残惜しげに何度も撫でている。

お互い裸のままに抱き合って、心地よい微睡(まどろみ)にまかせて目を閉じた。

結局、サリヴィアはその日一日をベッドで過ごすことになり、申し訳なさそうな態度を装いながらかいがいしく世話を焼くウルドが、とても嬉しそうだったのは語るまでもない。

＊＊＊

純白のウエディングドレスを身にまとうサリヴィアは妖精のように美しい。

ポンソワル工房のマダムやお針子たちが魂を込めて作ってくれたドレスだ。

レースをふんだんに使った真っ白の生地に真っ白な刺繍。たくさんの花々が祝福するように彩ってくれる。

ウルドに毎夜の如く愛された身体は少し瘦せた気がするが、胸のあたりがなんとなく育ったようにも見えた。

髪をゆったりと結い上げ、装飾品は耳にはウルドから送られた小さな花のイヤリングだけ。他には何も必要ない。

何者でもないと思っていた自分が没キャラだったという事実は既にサリヴィアにとってはどうでもいいことになっていた。

何故ならここはゲームなどではない。

サリヴィアとして胸を張って生きていく覚悟は既にできていた。

結婚の準備に忙しく過ごしていたせいで、サリヴィアが前世のことを思い出す時間はずっと減っていた。

無事に公爵となったヴェラルデとは色々なやり取りを経て、今ではよい友人だ。

軽いノックの音に振り返れば、サリヴィアと同じく真っ白な騎士装束に身を包んだウルドが、蕩けそうな瞳で自分の花嫁を見つめていた。

少し伸びた前髪をきっちりと上げた姿は、まるで絵画のような美しさだ。金の髪が光に透け、青い瞳が輝いている。

最初に出会った時の感情の読めない笑顔が嘘のような、優しい顔に胸が熱くなる。

ウルドがどうして腹黒騎士という仮面を被っていたかの理由は、教えてもらった生い立ちで理解した。きっと孤独で辛かったのだろう。お互い、似たような傷を抱えて生きてきたことに、運命すら感じた。

　サリヴィアもいずれは前世の記憶についてウルドに話すべきなのだろう。信じてもらえるかはわからないが、ウルドならばすべて受け止めてくれるはずだ。

　前世で地味で目立たないと己を貶め、嫌な記憶を理由に恋や愛から逃げた女はもうどこにもいない。

　あとは二人で幸せになるだけだ。

　メイドたちを下がらせれば、控え室にはサリヴィアとウルドの二人きり。

　式まではまだ少し時間がある。

「式の前に花嫁を盗み見るなど無作法な花婿ですこと」

「他の誰かに見られる前に、俺の花嫁の美しさを確かめておこうと思ってね」

　ウルドはサリヴィアに近づくと、ゆっくりと片膝をついた。

　騎士が忠誠を誓う姿そのものだ。

　サリヴィアは目を見開く。それはヒロインに愛を告白し結婚の許しを乞う、あのゲームでウルドルートのラストシーン飾るスチルそのものだ。

「誓いの場はここではなくてよ」

「神に誓いを立てる前に、君に誓いをたてたいんだ」

「わたくしに?」

　ウルドの青い瞳がわずかに揺れて、サリヴィアの手を掬い上げるように己の手に乗せ

た。触れる掌がわずかに震えているのが伝わってくる。

あんなに愛していると囁きあって怖いほどに身体を繋げているのに、最後の最後で弱い部分をさらけ出してくるなんてずるいにもほどがある。

「サリヴィア、俺と結婚してくれ。生涯君だけを愛し守ると誓うから」

ウルドの心からの言葉。

ゲームのエンディングでヒロインに告げた言葉とはまるっきり別物。

血と肉と体温が通った、サリヴィアのためだけの愛の告白。

不安に揺れる青い瞳がガラス細工のように美しくて、息が止まりそうだ。

泣いたら化粧が駄目になるからと必死に涙をこらえる。

「よろこんで」

微笑を浮かべサリヴィアが頷けば、ウルドの美しい唇がその手の甲に押し当てられた。

温かく柔らかい感触が皮膚を通じて心の底まで沁みわたっていく。

「わたくしも誓うわ。ずっとウルドと共に生きると」

ドレスが皺にならないようにゆっくりと膝を折ったサリヴィアは、ウルドの手にもう片方の手を添え両手で包んで握り返す。

失うかもしれないと恐怖で震えた日が蘇る。拭いきれない不安はまだここにある。

それは共に生きていく幸せを手に入れた者の宿命なのだ。

一生に一度だけの愛に、心から誓う。

「あなただけよ、愛してるわ」

結婚式はつつがなく執り行われ、神の前で愛を誓い合い、サリヴィアとウルドは正式な夫婦となった。

これがあのゲームなら「めでたしめでたし」でお話が終わるのだろうが、生憎ここは現実世界。

転生令嬢を見事に攻略した腹黒騎士は全年齢仕様ではないらしく、結婚式後の祝宴の途中で席を立ち、彼女を寝室に引きずり込んだ。

「もうっ！　せっかくのドレスですのに、また一回しかダンスを踊っていません‼」

祝宴ではウエディングドレスから、あの舞踏会で着ていたドレスにお色直しをしていた。破かれていた部分には、ジュリエッテのドレスから着想を得たマダムによって青いサテン生地で作られた大輪の薔薇が飾られている。

妖精のような風合いが増して、歩くたびに周りが感嘆のため息をこぼすのがわかった。

そんなサリヴィアから一歩も離れず腰を抱き、視線すら他に移すことを許さないとばかりに花嫁だけを見つめていた新郎の姿に、周囲は苦笑いを浮かべていたに違いない。

「前にも言ったろう？　こんな可愛いサリィを他の奴に見せたくない」

「またそんな子どもみたいなことを言って」

「花嫁姿だって人に見せるのは嫌だったんだ」

「結婚式で花嫁不在なんてありえないでしょう！」

「俺だけが見ていればそれでいい」

「あなたみたいな夫がいる妻に手を出す命知らずはいないと思うのだけれど」

「もし手を出す奴がいたら殺してしまいそうだ」

唸るウルドの目は本気だ。

このドレスを汚したあの青年はさる男爵家の嫡男だったらしいが、あの日を境に社交界で姿を見た者はいない。

エルリナによれば、とある事故で大怪我をしたのをきっかけに女遊びが家族に露見して、領地で厳しく監視された生活を送っているのだとか。

何故そんなことを知っているのかとサリヴィアは問いただしたが、穏やかな笑顔でかわされてしまった。

「自分で手を下せなかったことがくやしいよ。完膚なきまでに叩きのめして男として生きていけないようにしてやるつもりだったのに」

「物騒なことを言わないで」

自分のことを盛大に棚に上げて、サリヴィアはなだめるように両手でウルドの頬を挟み、その顔を引き寄せる。

甘えるように自分から重ねた唇にウルドは驚いたように身体をこわばらせていたが、すぐに優しくそれに応えてくる。

触れあう唇は甘くて熱い。

いつもより濃い口紅がウルドの唇を汚す様は背徳的で美しかった。

背中に回された腕がサリヴィアを強く抱きしめて、二人の間に隙間はなくなる。

風呂でゆっくりと汗を流してから、初夜を迎えるものと思っていたサリヴィアだったが、ウルドの手がスカートの上から尻を撫ではじめた。

嫌な予感にそっと身体を離して表情を確認すれば、爽やかな笑顔の瞳は欲情の色に塗れていた。密着する身体の熱さに、肌が粟立つ。

「サリィ、このまま、ね」

「ちょ、ウルド」

性急な動きでウルドがスカートをまくり上げる。

抵抗する間もなく下着がずらされ、何度も愛されてほぐれきっている入口に指先が入り込んできた。

「やっ、なんで急に、だめぇっ」

「このドレスをずっと汚したかった」

「ばかっ、あァっ、あんっ！」

一本受け入れてしまえば二本目以降はすんなりと内部に馴染む。

増やされていく指先の巧みな動きにあっという間に追い上げられて、呼吸が乱され、力が抜ける。

立っているのがようやくの片足を軽々と抱え上げ、壁にサリヴィアの背中を押しつける。

ズボンの前だけを寛げ、取り出された猛った熱杭の先端が入口に押し当てられて、駄目だと叫ぶ前に一気に貫かれる。

「ああああっ」

不安定な体勢のせいで、酷い夫にすがりつくしか術がない。

肩に必死に腕を回して少しでも楽な体勢を探すが、その動きすら利用されて容赦なく腰を押し進めてくるから、逃げるたびに余計に繋がりが深くなってしまう。

「やっあっあん、うる、ど」

「サリィ、かわいい」

耳朶をぱくりと食べられると、腰の奥が甘えるようにうねって、内壁を震わせてしまう。

首筋をくすぐるウルドの吐息が嬉しそうに肌をくすぐった。

「ほら、もう嬉しそうに俺を締め付けてる」

「やだぁ」

指摘されると余計に身体の中の熱杭を意識してしまい、求めるように締め上げてしまう。

激しくなる抽挿に、唯一床に触れていたつま先がとうとう宙に浮く。

これ以上は入れないほどの奥に到達したウルドの熱杭が、それでもまだ奥を求めて突き込んでくる。

お互いの荒い呼吸と、ドレスと騎士装束の布地が擦れる乾いた音と、濡れた皮膚がぶつかる音が部屋に響く。

少し離れた部屋から主役が不在となった今でも続く祝宴のざわめきが聞こえてきて、背徳感で身体が更に敏感になっていく。

「きもちいい？」

「や、そんなこと、きかない、でぇ」

「俺は最高にいいよ。サリィの中はいつ入っても溶けそうなくらいに、いい」

「んんっ‼」

腰だけを抱かれて、抜けそうなぎりぎりまで引き抜かれ、また奥まで突き上げられる。串刺しにされた憐れな獲物の気分でウルドに必死にしがみつく。

「だめ、こわれる、こわれちゃう」

「きもちいいって、ちゃんと言って」

蕩けた身体と心はあっという間に服従して、サリヴィアは飲み込みきれなかった涎で白い騎士装束を汚しながら甘えた声音でねだるように叫んだ。

「いい、いいよぅ、きもちよくて、しんじゃいそぅ」

サリヴィアの身体が高みに追い上げられるの同時に、お腹の中でウルドの雄槍が大きく振るえたのがわかった。とろりとした子種が胚を満たす。

ウルドの整った顔がどこか苦しげに歪む様は、息が止まりそうなほど美しい。

温かくてねばっこい精が繋がりから溢れて太股を伝い落ちていく。

「あ、やぁ、まだ」

先にイかされた切なさに腰を振るわせれば、ウルドが無言のまま、抽挿を再開する。

萎えることなく硬いままの熱杭がサリヴィアの弱い場所ばかりを攻めてたてる。

「あっあ、だめぇ、いまだめぇ」

「サリィが悪い。可愛い。全部、全部俺のだよ」

「ひいぃ、あああっ」

助けるどころか、熱くて甘い底なし沼に溺れさせられている気分だ。

服を着たままでの歪な交わりを二度終えたあと、憐れにも宣言通りに汚され破かれたドレスが床の上に放り出される。

ぐったりとウルドに抱えられてベッドに運ばれながら、サリヴィアはドレスをぼんやりと見つめていた。またマダムに泣かれてしまうかもしれないとぼんやりと考えていると、少しだけ怒ったようなウルドの顔がその視界を覆う。

「夫婦の褥で俺以外のことを考えるとは余裕だね。まだ元気そうで何よりだ」

「ち、ちがっ」

嫉妬深い獣の目をした愛しい夫がゆっくりと覆いかぶさってきた。

休む暇など与えないとでも言うように、不埒な愛撫が再開される。

ウエディングドレスに合わせて仕立てた白いコルセットもあっという間に器用に剝ぎ取

られ、サリヴィアは一糸まとわぬ姿にされてしまった。

ウルドも乱暴に衣服を脱ぎ捨て、裸になってぴったりと素肌を寄せてくる。

耳朶をくすぐるように舐められ甘噛みされると、もう逆らえなくなった。

いつか耳への愛撫だけでイかせてみせるなどという恐ろしい言葉に眩暈がする。

乳首を弄んでいた指先が不意に離れて、焦らすように乳房を爪で辿り、嫌と言うほど精が注ぎ込まれた腹の上を愛しげに撫でた。

「溺れるくらいに愛してあげる」

腹黒の上に絶倫だなんて聞いていないと叫んだ唇は荒々しく塞がれる。

強引な癖に、どこか探るような舌の動きにお腹の奥がきゅんと疼いた。

きっと、妙なところで臆病なこの人を一生愛し続けることになるのだろう。そんな確信がサリヴィアの心を満たす。

全部受け止めるからお好きなようにと告げる代わりに、広い背中に腕を回して強く抱きしめたのだった。

番外編

結婚式を数週間後に控えたある日。

どこか呆然とした顔でウルドがサリヴィアのもとにやってきた。

慌てて部屋に招き入れ、また何か事件が起きたのかと問いかければ、ウルドが一通の手紙を差し出してきた。

王家の紋章の透かしが入ったその手紙を読み上げたサリヴィアは、ウルドが何に動揺していたのかを理解する。

「ウルド、あなた伯爵になるの？」

「……どうやらそうらしい」

手紙には大臣の悪事を暴くことに協力したことや魔獣を倒した功績が認められ、ウルドは新たな伯爵位を賜ることが決まったと書かれている。

騎士とはいえ男爵家の庶子でしかない彼にここまで褒賞が与えられることになったとは色々と驚きだったが、おそらくはヴェラルデが手を回してくれたのだろう。

有能な女公爵には王家も頭が上がらないようだ。

「嬉しい？」

「素直に言えば困惑してる。地位にはこだわるつもりがなかったから……でも、君を妻に迎えるのにふさわしい地位を得られたのは嬉しいかな」

悪戯っぽい笑みを浮かべながら抱きしめてくる腕に、サリヴィアは素直に身体を預ける。

この頃のウルドは、少し甘えただ。

おそらく、こちらが彼の本質に近いのだろう。生まれのせいで人に素直に甘えられないまま、大人になってしまった。

だから極力甘えさせてあげたいとサリヴィアは思っている。

おとなしく抱きしめられていると、ウルドの手が不埒に動きはじめた。

「……ちょ、どこ触ってるんですか！」

「サリィに触れているとどうしてもね」

「もう！」

背中を撫でていた手が腰を抱き、軽々と身体を持ち上げられてしまう。

手慣れた動きでベッドに運ばれ、身体を横たえられた。

「キスさせて」

返事を待たずに唇が重なる。

最初は触れるだけの優しいものが繰り返され、次第に角度を変えながらついばむようなものへと変化していく。唇を吸われ、濡れた粘膜を重ね合うキスは頭の中をとろりと溶かしていくようだ。

ぺろりと濡れた唇を舐めた舌先が、中に入れてほしいと前歯をノックする。静かに口を開けば、温かな舌が勝手知ったる動きでサリヴィアの口内を味わいはじめた。

舌を絡め合い、歯列をなぞる。唾液をかき混ぜあう水音は何度聞いても慣れなくて、恥ずかしさに身体が震えた。

頬に添えられていた手が耳へと向かい、形を確かめるように指の腹で何度も撫でられる。弄られすぎてほんのりふくらみを増した耳朶を優しく摘まれると、思わず背中が浮いてしまう。

「っん、も、ウルドっ……！」

のしかかってくる身体を押せばあっけなく解放された。

見下ろしてくる顔は相変わらず怖いくらいに整っている。濡れた口元が色っぽく、情欲に濡れた青い瞳はずっと見ていたくなるほど綺麗だ。

「もう終わり？」

物足りなそうな声にお腹の奥がきゅんとなる。

唇は離してくれたが、ベッドに押し倒された体勢は変わらぬままだ。

「……まだお話の途中ですわ」

「キスのあとじゃだめ？」

「だめ。だってウルドにキスされたら、何もわからなくなるんですもの」

ウルドのキスは魔法のようだ。ただ触れるだけでも全身が痺れるし、舌をくっつけ合っているとそこから溶けて二人が繋がっていくような錯覚すら感じてしまう。キス以上のこともたくさん教え込まれたこの身体は、ウルドから与えられる刺激にはしたなく反応してすぐに蕩けてしまうのだ。

「サリィ……やめてと言いながら煽るのはなしだよ」

「煽ってなんていません」

「あ〜〜もう、どうしてそんなに可愛いんだ」

深いため息をつきながらウルドが覆いかぶさってくる。首筋に顔を埋められ、大きく息を吸われるとくすぐったくてたまらない。

押しつぶさないように力をうまく逃がしてくれている気遣いが嬉しくて、自分からその背中に手を回してぎゅっと抱きつく。

「早く結婚したい。そうしたら毎日サリィの傍で眠れるのに」

甘えるような声音に、サリヴィアは小さく笑う。

腹黒騎士が台無しだ、なんて思いながら柔らかな金の髪を指ですいてあげる。

「……伯爵になるということは、領地もいただけるんですの？」

「ああ。領地運営なんて縁がないとばかりに思っていたのにな」

そう言いながらもウルドの声は少しだけ弾んでいた。騎士という名誉職から、正式な貴族なれる機会など早々あるものではない。

ウルドが騎士になったのは、家から逃れて自立するためだったと聞いている。今では騎士という役目に誇りを持っているウルドも、子どもに引き継ぐことができる爵位や領地を得られることは嬉しいのだろう。

「あなたはきっとよい領主になると思いますわ。私も支えますから」

「嬉しいことを言ってくれるね」

ちゅっと音を立てて耳の裏にキスが落とされた。

なまめかしさのない優しいキスに、心が温かくなる。

これからウルドと夫婦になって暮らしていく日々はどのようなものになるのだろう。領地を得たからには社交シーズン以外はそちらで過ごすことになるはずだ。

どんな土地なのだろうか。子育てをしやすいところならよいのだけれど。

そんなとりとめもないことを考えていると、ウルドが小さく笑った気配が伝わってきた。

「暖かくなったら一度領地に行ってみよう。今は代理人が管理しているそうだから」

「楽しみです」

「きっと子育てにも向いてるはずだよ」

「！」

考えを読まれたのかと驚けば、その動きが伝わったのかウルドが笑いながら身体を起こしサリヴィアの横に横たわる。

シーツに肘をついて掌で顔を支え、じっとこちらを見つめてくる表情には優しさが満ちていた。

「不思議だな。君と出会う前と今では、まるで世界が違うみたいだ。未来を思って幸せに浸る時間を得られるなんて想像もしていなかった」

ぎゅっと息が苦しくなった。

そっと手を伸ばし、ウルドの頬に手を当てる。滑らかな肌を撫でるように掌を動かせば、心地よさそうに目が細められた。

「わたくしも、あなたと出会わなかったらきっと恋なんて知らないままだったわ」

決められた相手と結婚してそれなりの情を持つことはできただろう。だが、こんな風に身を焦がすような情熱は知らないままだったと確信できる。

「愛してるわウルド。きっとあなたがどんな立場の人だって、わたくしはきっと恋に落ちてた」

「サリィ」

ウルドの手がサリヴィアの身体を掻き抱く。強い力で胸に顔を押しつけられ、少し苦しい。それ以上に幸せでサリヴィアはうっとりと目を閉じた。

「たくさん子どもを作ろう。そして、信じられないくらいに幸せにしてあげよう」

「……はい」

「じゃあ、さっそく作ろうか」

「はい？」

唐突な発言に目を剝きその腕から逃げようとするが、既にウルドはサリヴィアのドレスを脱がしに掛かっていた。器用な手つきでするするとリボンを解かれ、コルセットが緩められる。

「ちょ、まって、んっう!」

唇を奪うように重ねられ、あっという間に呼吸を乱される。

抱きしめながら全身を撫でまわされれば、身体はすぐに熱を持った。

「サリィが可愛すぎるのが悪い。君が俺の子どもを産む気でいてくれるって考えたら我慢できないさ」

お腹に擦りつけられたウルドの熱は、今にもはち切れそうに硬く猛っている。

素直になるのは結構だが、欲望に忠実すぎる。結婚するまでおあずけだと叫びたかったが、ねだるような表情には勝てなかった。

「ばか」

媚びるような自分の声に顔を赤くしながら、サリヴィアはウルドの首に腕を回す。

抱き合ってもつれ合いながらキスを交わせば、怖いくらいの多幸感に涙が滲んだ。

結局いつだって惚れた弱みでほだされる。

それに、早く子どもが欲しいのは同じだからしょうがない。

ウルドとの未来はきっと幸せで溢れているに違いないと考えながら、サリヴィアは与えられる熱に翻弄されていったのだった。

その後、二人は合計四人の優秀な子どもに恵まれた。

長男グランツは両親の才能を色濃く受け継ぎ、ある公爵家の跡取りと悪友になった。

両家の親たちを困らせる青春時代を送った彼らは、歴史に残る王配と、それを支える名宰相となったのだが、それはまた別のお話だ。

あとがき

はじめましてこんにちは。マチバリと申します。この度は「転生令嬢は腹黒騎士に攻略される」をお手にとっていただきありがとうございます。

こちらの作品は第四回ムーンドロップス恋愛小説コンテストで佳作に入賞し、電子書籍として刊行されたものに加筆修正と番外編を加えて書籍にしていただきました。

小さくて気の強い女の子と腹黒系男子という組み合わせは以前から大好きで、いつか自分でも書いてみたいと考えていました。出会いのシーンから趣味全開で書いていたので本当に楽しかったです。

元々は転生要素のないヒストリカル系の物語として考えていたのですが、コンテストの作品テーマに「異世界」「乙女ゲーム」が存在していたこともありサリヴィアの前世設定を加えました。おかげで物語に深みが増したような気がしています。最初はつんつんしていて過去のトラウマもあり素直になれなかったサリヴィアがウルドの猛攻に折れて恋に落ちていく姿を書くのは本当に楽しかったです。ウルドはタイトルでは腹黒騎士となっていますが、あくまでもゲームキャラとしての肩書きなので実際はそこまで腹黒でもなく、過去のせいでひねくれているだけの普通にいい男だったりします。色々仕掛けてはいますが結婚のお許しが出るまでは最後の一線を我慢していたあたり、実は私が書いたヒーローの中で一番紳士なのではという疑惑すらある。

作中に出てきた悪役令嬢ことヴェラルデは、いい味を出してくれたお気に入りのキャラクターです。実は彼女が主役のお話も存在しており、そちらは白泉社さんにてコミカライズしていただいております。この作品の裏で行われていた色々が語られており、若いウルドもしっかり登場いますので、ご縁があれば是非お手にとっていただけると嬉しいです。

美麗な表紙イラストを描いてくださったのは電子版に引き続き蜂不二子先生です。電子版の表紙も本当に素晴らしく、いただいたときには悲鳴が出るほど喜んでしまったので、書籍版でも担当していただけると知ったときはとても嬉しかったです。今回も可愛いサリヴィアと色気溢れるウルドを描いてくださり幸せです。

最後になりましたが、ＷＥＢ版から読んでくださった読者の皆さま、作品を手がけていただきました担当編集さま、そして何よりこの本をお手にとっていただいた皆さま、本当にありがとうございます。

またどこかで作品を通じてお会いできる日を願っております。

マチバリ

月乃ひかり

宮廷女医の甘美な治療で皇帝陛下は奮い勃つ
軍神王の秘巫女【超】絶倫な王の夜伽は激しすぎます！
蒼き海の秘ごと～蛮族の王は攫われ姫の甘い海に沈む
冷酷王は引き籠り王妃に愛を乞う 失くした心が蘇る恋の秘薬

天ヶ森雀

魔王の娘と白鳥の騎士　罠にかけるつもりが食べられちゃいました
気高き花嫁は白銀王の腕で愛欲に震える

当麻咲来

王立魔法図書館の[錠前]に転職することになりまして
王立魔法図書館の［錠前］は淫らな儀式に啼かされて
失神するほど愛されて　悪魔は聖姫を夜ごと悦楽に堕とす
王立魔法図書館の［錠前］は執愛の蜜獄に囚われて

兎山もなか

異世界で愛され姫になったら現実が変わりはじめました。

七篠りこ

裏切り王子と夜明けのキスを　原作では断罪される予定の彼ですが、今のところ私を溺愛するのに夢中です

吹雪歌音

舞姫に転生したＯＬは砂漠の王に貪り愛される

葉月クロル

異世界の恋人はスライム王子の触手で溺愛される
異世界婚活！アラサーOLは美形魔導士に深く激しく求められる

日車メレ

墓守公爵と契約花嫁　ご先祖様、寝室は立ち入り厳禁です！
女魔王ですが、生贄はせめてイケメンにしてください
悪役令嬢、生存の鍵は最凶お義兄様のヤンデレパワーです

真宮奏

狐姫の身代わり婚～初恋王子はとんだケダモノ!?～

〈ムーンドロップス〉好評既刊発売中！

青砥あか

29歳独身レディが、年下軍人から結婚をゴリ押しされて困ってます。
愛玩調教 過保護すぎる飼い主の淫靡な企み
下賜された悪徳王女は、裏切りの騎士に溺愛される

イシクロ

偽りの吸血姫が本物になるまで　身代わり処女は甘い楔に啼く

踊る毒林檎

喪女と魔獣　呪いを解くならケモノと性交!?

臣桜

皇帝陛下は呪われた聖女の母性に溺れる

君想ロミヲ

騎士団長は処女魔王を絶頂に染める

葛餅

数学女子が転生したら、次期公爵に愛され過ぎてピンチです！

このはなさくや

異世界の酒場で運命の男が待っていました ぬるいエールを魔法で冷やして

佐倉 紫

国王陛下は運命の乙女をはなさない 不遇な公爵令嬢は陛下と相性抜群です

怜美

身替り令嬢は、背徳の媚薬で初恋の君を寝取る

白花かなで

復讐の処女は獣人王の愛に捕らわれる

竹輪

異世界から来た賢者様はお嫁様をさがしている　獣人の乙女は運命のつがいに愛されて

まるぶち銀河

ひねくれ魔術師は今日もデレない　愛欲の呪いをかけられて

御影りさ

少年魔王と夜の魔王　嫁き遅れ皇女は二人の夫を全力で愛す
次期国王の決め手は繁殖力だそうです
ヤンデレ系乙女ゲームの悪役令嬢に転生したので、推しを監禁しています。

椋本梨戸

怖がりの新妻は竜王に、永く優しく愛されました。

杜来リノ

色彩の海を貴方と泳げたら　魔砲士は偽姫を溺愛する

本書は、電子書籍レーベル「ルキア」より発売された電子書籍『転生令嬢は腹黒騎士に攻略される　美形騎士様の誘惑から逃げられません！』を元に加筆・修正したものです。

★著者・イラストレーターへのファンレターやプレゼントにつきまして★
著者・イラストレーターへのファンレターやプレゼントは、下記の住所にお送りください。いただいたお手紙やプレゼントは、できるだけ早く著作者にお送りしておりますが、状況によって時間が掛かる場合があります。生ものや賞味期限の短い食べ物をご送付いただきますとお届けできない場合がございますので、何卒ご理解ください。
送り先
〒160-0004　東京都新宿区四谷3-14-1　UUR四谷三丁目ビル2階
(株) パブリッシングリンク
ムーンドロップス 編集部
○○（著者・イラストレーターのお名前）様

転生令嬢は腹黒騎士に攻略される
２０２２年１０月１８日　初版第一刷発行

著……………… マチバリ
画……………… 蜂不二子
編集……………… 株式会社パブリッシングリンク
ブックデザイン……………… しおざわりな
（ムシカゴグラフィクス）
本文ＤＴＰ……………… ＩＤＲ

発行人……………… 後藤明信
発行……………… 株式会社竹書房
〒102-0075　東京都千代田区三番町８－１
三番町東急ビル６Ｆ
email：info@takeshobo.co.jp
http://www.takeshobo.co.jp
印刷・製本……………… 中央精版印刷株式会社